夏木瀬律花［なつきせりつか］
誰もが憧れる女子生徒会長。容姿端麗＆成績優秀なパーフェクトヒロイン。月に数回、モデルの仕事もしている
俺《モブ》の気も知らないで
憧れの先輩《ヒロイン》が
恋愛相談してくる

「ありがとうございます！」「助かります！」と、
階段の踊り場から女子たちの声が聞こえてきた。
誰かがその女子たちに囲まれているようだ。
階段の上から、誰が囲まれているのか一目でわかった。
「他にも困ったことがあったら
何でも聞いてね」

誰も知らない
パーフェクトヒロインの素顔
「もしかして会長は澤野先輩のこと……」

「それは……えっと……」

律花は視線を下に向けていた。

どこか恥ずかしそうに見える。俺も同じだ。

言葉にしようとするとどうしても羞恥心が邪魔をする。

でも言いたいことは伝わったようだ。

ジジ……と街灯が点滅する。

真一文字に結んだ律花の口がゆっくりと開かれた。

「……わからないよ」

「わからないって、その……好き、
とか……？」

俺は指先で、熱くなった頬を掻いた。

放課後デートを楽しむ彼女
「うーん……じゃあ——手でも繋ぐ？」
試着室から出てきた彼女
「これはどう？　似合ってる？」
パーフェクトヒロインとの
"ふたりきり"のひととき

自分の部屋でスキだらけな彼女
「あれ……ちょっと、おでこ熱くなってきたかも」

パーフェクトヒロインと
生徒会の仲間たち
土宮みう［つちみやみう］
冬季の幼馴染み。生徒会で庶務を務めており、いつも元気。冬季と同じく、律花に対して憧れを抱いている

秋沢琴葉［あきさわことは］
生徒会で副会長を務めている、律花の同級生。勉強だけでなく、茶道や弓道も得意な、正真正銘のお嬢様
有馬冬季［ありまふゆき］
律花の後輩で、生徒会で書記を務めている。憧れの存在である律花から恋愛相談を受けることになり……

contents

プロローグ 004
一章　二人のアコガレ 018
二章　アコガレと恋心 072
三章　恋心と花火大会 160
四章　花火大会と気づいたモノ 221
エピローグ 294
あとがき 300

俺《モブ》の気も知らないで憧れの先輩《ヒロイン》が恋愛相談してくる

永松洸志

ファンタジア文庫

3148

口絵・本文イラスト　林けゐ

俺《モブ》の気も知らないで
憧れの先輩《ヒロイン》が恋愛相談してくる

プロローグ

「あつ……」

俺——有馬冬季《ありまふゆき》は汗でしっとり濡《ぬ》れたワイシャツをつまみ、ぱたぱたと風を服の中に送る。額からは、つーっと水滴が頬を伝って流れてくる。

なんで日本の夏はこんなにむしむしと暑いのだろうか。二十年くらい前はこんなに暑くなかったのに——と父さんと母さんが懐《なつ》かしむように話しているのを聞いたことがある。

本当か？　毎日三十度を超すのが現代では当たり前なのに、昔は稀《まれ》だったと？

誰かタイムスリップして確かめてきてくれ。俺はもう死にそうだ。

ノックダウン寸前の俺の周りではがやがやとクラスメイトたちが談笑で盛り上がっている。内容は同じ。

「夏休みどうする？」「再来週の花火大会とかどう？」「いいね予定あけとくわ」とどれもこれも来《きた》る夏休みに備えて、スケジュールを組んでいた。

特に再来週、近くの河川敷《かせんじき》で開催される花火大会について盛り上がっているようだった。

俺も去年行ったが、あれは一人で行くものじゃない。カップルとかで行くようなところだ。

それにしてもみんなはこの暑さを克服する薬でも飲んでいるのか？　現在、教室は窓を開けていても蒸し風呂《むぶろ》状態でさらに窓際《まどぎわ》にいる俺は直射日光で体がミディアムに焼かれようとしている。

こんな状態で誰かと話す気になれず、気休め程度に服を扇《あお》いでささやかな風を送ることしかできない。

「死ぬ……」

黒板上の時計をちらりと視界に入れる。十二時半を指している。短縮授業後のホームルームが終わって五分が経《た》っていた。

とりあえず立とう。窓際の席に座っているだけじゃ、死期を早めるだけだ。

俺はバッグを手に取り、よたよたと教室から廊下へと出る。

すぅ……とヒンヤリした風が頰に当たる。

日陰になっている廊下は教室とは違って冷たい風が流れている。ちょっと生き返った。

この調子なら目的の場所まですぐに行けそうだ。

夏休み前の短縮授業の後といえば、ある者は部活に勤《いそ》しみ、ある者はバイトで汗をかき、ある者は家に帰って遊ぶ。

午後まるごと自由時間なのだから、好きなことをして過ごすのが普通だろう。

俺の場合は少し違う。

俺は涼しい廊下を歩き、熱された二階の渡り廊下を通り、ひんやりした階段を上って、北校舎三階の生徒会室へとたどり着いていた。

ここが目的の場所。市立北高等学校二年生の書記として毎日のように通っている生徒会室だ。

ノックせずに中へと入る。

「おはようございます」

扉を開けて正面——生徒会長席にはとある見知った人物が座っていた。

「おはよっ、有馬くん」

生徒会長——夏木瀬《なつきせ》律花《りつか》。

あどけない無邪気な笑顔を俺に向けてくる。長いまつ毛に整った顔立ち、白い肌。肩まで伸ばした綺麗《きれい》な髪をなびかせている。

彼女のことをこの学校で知らない人はいない。生徒のみならず、先生までも一目置く、パーフェクト生徒会長。

俺が尊敬する人だ。生徒会に入って、彼女の人望に惹《ひ》かれた。誰からでも頼られ、運動

部の助《すけ》っ人《と》と学校行事の仕切りも全てこなす。

まるで遥《はる》か彼方《かなた》、天に輝く太陽みたいな人だ。

「なんだかゲッソリしてるけど、どうしたの?」

「一日中、窓際で日に焼かれたんです。あそこクーラーの真下だから最悪ですよ」

俺は入口近くの席に座り、バッグを下ろす。

生徒会室には役員用の席が四席と会長席が一席ある。役員用の席はそれぞれ向かい合わせになっている。現在の役員は俺と会長の律花を入れて四人なので、一席余っている。

「あははっ、暑いよねあそこ。あたしも窓際の席だからわかる〜。あっ、そうだ」

と律花は床に置いていたバッグから水筒を取り出し、水筒の蓋にお茶を注《つ》ぐ。

「はいっ、氷いっぱい入れてるから冷たいよ〜っ?」

俺の席まで歩いてきて、すっとお茶を差し出してくる。

「え……これって」

間接キスなのでは?

律花だってこの蓋を使ってお茶を飲んでいるはずだ。

「あれ? いらない? ほうじ茶嫌い?」

わかっていないのか、この人は。

しかしここで断ったら、それはそれで意味が出てしまう。

好意は無駄にできないし——。

などと迷っていると、

「あっ、忘れてた！　あたしさっき購買でキンキンのスポドリ買ったんだった！」

スッとお茶を引っ込め、代わりに机に置いていたスポーツドリンクのペットボトルを差し出してくる。

「まだ蓋開けてないし、汗かいてるならこっちだよね！」

「あ……はい……そっすね」

俺の葛藤なんて律花は知る由《よし》もないだろう。

別に律花は俺をからかっているわけではない。純粋に俺を心配してスポーツドリンクがいいと判断したのだ。

（ホント、会長は……）

俺が逆の立場なら絶対に意識してしまうだろう。

受け取ったスポーツドリンクをぐっぐっと半分くらい飲んだところでふと思った。

「これ、飲んでよかったんですか？　律花会長が飲みたかったんじゃ……」

「いーのいーの。あたしより有馬くんの方が汗だくだったし、熱中症で倒れられたら大変だもんね」

「お礼はいつかしますよ」

「ありがと、お礼はコーラでいいよ」

「しっかり催促しますね――わかりました」

えへへ、と律花はペロッと舌を出す。そんな小悪魔的な笑顔を向けられたら何も言えなくなる。

――しかし何とも距離感の近い人だ。俺に対してだけでなく、他の生徒会役員のみんなや他の生徒たちにも似たような距離感で接しているのをよく見る。

しばらく一緒の生徒会で仕事をしているが、まだこの距離感に慣れない。フレンドリーすぎる、たまにボディタッチもしてくるし……俺みたいな陰キャがそんなことをされるとドギマギしてしまうこと請け合いだ。

だが、これが夏木瀬律花の魅力でもある。俺がこの生徒会に入った時、彼女に会って、衝撃を受けた。

この人の役に立ちたい。

この人に頼られたい。

そんな漠然とした憧れと尊敬を抱いた。

（そういえば……）

「副会長とみうはまだ来てないんですか？」

生徒会にはあと二人、役員がいる。律花と同じ三年で副会長の秋沢琴葉《あきさわことは》と、俺と同じ二年で庶務の土宮《つちみや》みう。

いつもならすでに集合していて、一緒にお弁当を食べるはずなのだが、現在いない。まだ来ていないのか。

「二人は先に委員会会議に行ってるよ。有馬くんも荷物下ろしたら委員会会議に行ってくれる？」

そうだった。今日は各委員会の会議があり、生徒会の役員はそれぞれの内容を書き留めるためにも出席が義務付けられている。俺の当番は確か美化委員会。だがおかしい。

「会議って一時からでしたよね？」

まだ十二時三十三分。弁当を食べるくらいの余裕はあると思うが。

「あれ？　担任から聞いてない？　早まったって言ってたけど」

「え？」

そんなこと担任は何も言ってなかった。

「ごめんね、お昼は会議の後になっちゃうけど、大丈夫？」

「悪いのは担任なんで、後で文句言っときます」

そう言いながらも「ぐ～」と腹が鳴る。恥ずかしい。

「ごめんね、有馬くん」

「いえいえ……」

(腹減った……)

お腹《なか》をさすりながら、生徒会室を後にしようとすると、

「あっ、待って」

律花に呼び止められた。振り返ると律花がお弁当箱を持ってこちらに駆け寄ってくる。

「これ、一つ食べて」

「え」

律花がお弁当箱の蓋を開けると、中には小ぶりのおにぎりが四つ入っていた。

「いいんですか？」

「ぺこぺこのまま行かせられないよ。あたしは大丈夫だからどうぞどうぞ」

「ありがとうございます。じゃあ遠慮なく」

律花のお弁当箱からおにぎりを一つ取って、口に放り込む。うまい。自分で作った弁当の倍はうまい。

「めちゃくちゃおいしいです！」

これなら委員会会議も乗り切れそうだ。律花には感謝しかない。

「えへへ、元気出たならよかった。お仕事がんばって」

「行ってきます」

（先輩もお腹減ってるはずなのに……）

さらっと後輩の後押しをしてくれる律花。

（やっぱり敵《かな》わないな）

憧れの律花に対し、少々罪悪感を覚えつつも、俺は満足して生徒会室を後にした。

◇

（終わった……）

委員会会議――俺が行ったのは美化委員の夏休みの活動に関する会議だった。

思ったより内容が白熱した。原因は夏休みに河川敷《かせんじき》で行われる花火大会後のゴミ拾いボランティアについてだった。出店回りだけをやるべきだという意見と、駅から河川敷までの範囲も入れるべきだという意見が衝突して、結局美化委員以外にもボランティアを募集して、広い範囲でやることになった。

おかげで書記である俺は議事録をまとめるので疲れてしまった。

（なんでうちの美化委員はあんなに意識高いんだか）

予定より十分押しの終了時間だった。さっきから腹が鳴りまくっている。おにぎり一個ではやはり俺のお腹は完全には満たされなかったようだ。

腹をさすりながら廊下を歩き、階段を下りようとすると――。

「ありがとうございます！」「助かります！」と、階段の踊り場から女子たちの声が聞こえてきた。誰かがその女子たちに囲まれているようだ。階段の上から、誰が囲まれているのか一目でわかった。

「いいんだよ。ボランティア部の申請は後で先生に通しておくから。他にも困ったことがあったら何でも聞いてね」

律花だった。どうやらボランティア部の夏休み活動の申請について相談を受けていたらしい。

（会長、あんなに頼られて大変だな）

女子たちから慕われているのが一目でわかる。

矢継ぎ早に質問を繰り出す女子たちに、律花は一人一人受け答えしているようだった。

「でも活動場所まで相談に乗ってもらって……なんだか申し訳ないですよ」

「気にしないで――でも駅前って人通り多いから、やる時は通行人の邪魔にならないようにね」

「はい！　やっぱり会長に頼ってよかったです！　ありがとうございました！」「ありがとうございました～！」

と女子たちは律花に頭を下げ、階段を下りて行く。

「ふぅ」

一息吐《ひといきつ》く律花に俺は近づき、

「お疲れ様です」

「あっ、有馬くん！　会議終わった？」

「はい滞りなく――あとで議事録をパソコンでまとめてプリントアウトしときますね」

「ありがと～助かるよ～」

ふぅ～。と律花が大きく息を吐く。

「さっきの女子たちは知り合い――じゃないですよね」

「違うよ。あたしが廊下の掲示板物をはがしてた時に相談に乗ってくれって言われて。話してたらどんどん増えちゃって」

律花は学校内でも生徒に頼られることが多い。生徒会長だからというのもあるが、律花自身の人望がそうさせているのだろう。

「人気者ですね」

「頼られて悪い気はしないけど、ぐいぐいくるんだよね」

「あはは」とやせ我慢するような笑みを浮かべていた。俺には頼られるという経験が浅いから気疲れする気持ちがわからない。でもあんなに周りから積極的に話しかけられたら、疲れもするか。

会長はまだ仕事中だし、俺がここにいても迷惑だろう。

「あんまり邪魔しても悪いですね。俺は先に生徒会室に行ってますね」

「お腹減ってるところ話し込んだら悪いね」

またあとで！　と律花は階段を上って行ってしまう。

さすが会長だ、と思う。

生徒会長の仕事で忙しいのに、後輩たちの相談を受けてその上で疲れは一切見せようとしない。それなのに明るく振る舞ってみんなの憧れの中心にいる。

(でも……俺にはできないな)

あんな風には振る舞えない。きっとどこかで弱音を吐いてしまうし、頼られるような人間ではない。

それでもいい。俺は俺という人間を正しく認識している。俺は少しでも彼女の役に立って「ありがとう」と言われればそれで満足だ。

俺の青春はそれくらいが丁度いい。

一章　二人のアコガレ

夏木瀬律花《なつきせりつか》に出会ったのは今年——二年生になり、生徒会に入った時だった。

最初の印象は『俺と住む世界が違う人』だった。

人と話すことに消極的な俺と違って、律花は積極的に話しかけてくる。

俺はそれが嫌いではなかった。むしろ嬉《うれ》しくさえあった。

よく誤解されるのだが、俺は決して人と話すのが嫌いではない。ただ消極的なのは単純に話す内容が思いつかないからだ。人付き合いが苦手——と言えばそれまでだが、人と楽しくコミュニケーションが取れるなら、俺は取りたい。

だから律花の積極的な姿勢は俺には嬉しいと同時に——憧れだった。

あの人の役に立ちたい——と願ってもう三か月になる。今ではそんな願望を持ちつつも、ただ律花に憧れるだけの一人の生徒になっている。

ただそれも——。

「おはよっ、有馬《ありま》くん」

俺がゲタ箱のロッカーから上履きを取り出そうとした時だった。

凛《りん》とした声が響くと同時に、ポン、と肩を誰かに叩《たた》かれた。

振り向かなくてもわかる。俺が生徒会に入って三か月の間、聞き慣れた声だ。

「おはようございます。律花会長」

振り返ってから俺は挨拶を返した。

「疲れてる？　昨日夜更《よふ》かしでもしちゃった？」

「俺、朝弱いんで、いつもこんな感じですよ。会長は大丈夫なんですか？」

「あたしも割と弱いかも。朝起きたら髪の毛ぼっさぼさだし」

「想像できませんね」

だがちょっと気になる。写真でも撮ってきてくれないだろうか。いや無理か。

「気になってない？」

「え、いや……そんな――」

「写真撮って見せてあげようか？」

「え⁉」

「冗談だよ～。そんなの恥ずかしいに決まってるじゃん」

あはは、と笑う律花。

「まあ寝起きなんて誰にも見せたくないでしょうね」

「まあね──あっ……」

律花がロッカーを開けて、「あはは……またか」と乾いた笑みを浮かべていた。なんだろう。

横からちらりと覗《のぞ》くと、律花のロッカーの中に一枚の花柄の便せんが入っていた。まさか今時そんな……。

つい目を奪われて立ち止まっていると、律花と目が合ってしまった。気まずくなってつい視線を逸《そ》らす。

「へへ……たまに来るんだよね」

「初見じゃないんですね」

ラブレター、というやつか。都市伝説かと思っていた。

まさか付き合うつもりなのだろうか。

「でも生徒会も忙しいし、お仕事もあるし……また断らないと……」

「お仕事って、モデルでしたよね」

「うん。っていってもそっちは月に数回程度だけど」

実際彼女は有名雑誌に載るほど名の知られたモデルだ。何度か表紙を飾ったこともあり、書店に寄った時にその雑誌を見かけたこともある。

「前にテレビにも出てたんでしたよね。まあ忙しいなら付き合うのも無理ですね」

「レギュラーじゃないけどね。二、三回だけだよ」

一回出るだけでもすごいことだが。彼女の認知度は学校の枠を超えて、世間にも浸透している。

そんな彼女にラブレターを出すなんて、高望みした生徒もいたもんだ。

「断るんですね。会長なら両立できそうですけど」

俺としては最初から会長の凄《すご》さを知っているから付き合おうとは思わない。彼女と対等に付き合えるとは思えないからだ。

「今はちょっとね……。相手のことも知らないし」

「好きな人でもいるんですか？　芸能関係者とか」

何気なく聞いてみた。

「い、いないって。そもそもクラスでも仲のいい男子とかいないし！」

意外と動揺しているみたいだった。実はいるのではないか？

だとしたら少し複雑だ。彼女に釣り合う人というのはどういう人なのか。

「本当ですか？　怪しいですね」

「そういう有馬くんはどうなの？　みうちゃんとか好きなんじゃない？」

「いないですって」

（憧れの人ならいますけど）

と律花の目を見つめる。

律花に対する感情は憧れであって、好きという気持ちではない。

——とはわかっているのだが……。

「ん？　どうしたの？」

「なんでもないです」

つい、視線を逸らし、足早に階段へと向かってしまう。

「あっ、待って待って！」

二階への階段を上る。すぐ後ろから、慌てて靴を履き替えた律花もついてくる。

二階に着くと、廊下の掲示板前に人が集まっていた。どうやら貼り出された掲示物を見て騒いでいるようだ。

一瞬なんだろうと思ったが、すぐに理解した。

「先週のテスト結果出たんだ。どう？　上位五十名に入れてる自信ある？」

ここに貼り出されているのは総合点数の上位五十名だけだ。俺も入学当初はドキドキしながら表を見ていたが、一年も経《た》てばその行為は無駄だったと知らされるものだ。

「入っていたらそれは夢なんで逆に絶望しますね」

「正夢になったりとか？」

「去年正夢にならなかったんで、不成立です」

一応、掲示板を覗いてみる。人が多すぎて、頭と頭の隙間からしか覗けない。上から三年、二年、一年、と三段になっていて、右から一位、二位、三位、と名前が書かれている。文字サイズは大きいから後ろから覗いてもわかる。

「…………まあ知ってました」

一分くらいざっと二年の欄を見ていたけど、やっぱりない。

会長はどうだろうか——。いや、探すまでもなかった。

「きゃあああっ会長！」「会長いらしてたんですね！」と周りで掲示板を見ていた生徒たちが隣にいる律花の存在に気づき声を上げた。

瞬《また》く間《ま》に周囲に伝染し、いつの間にか掲示板中心だった人溜《ひとだ》まりは律花中心になっていた。

「会長！　またトップ成績ですよ！」「さすが会長です！」憧れの視線を向ける女子たちが俺を押しのけて、会長を掲示板前まで連れて行く。

トップ成績。最も目立つところに夏木瀬律花という名前が刻印されていた。

この前の中間テストの時には、律花のことをよく知らない一年生たちも「あれが生徒会
長か」「なんかすごいって部活の先輩が言ってた」とざわざわと噂《うわさ》をしていた。

律花の持つ求心力は実際目《ま》の当たりにしないとわからない。三年生はもちろん、二年生の間でも律花は尊敬されている。それにはもちろん生徒会長という肩書のおかげもあるが、人をまとめる力、ミスをしない手腕——それらは体育祭や文化祭でいかんなく発揮されている。

（さすが律花会長……）

知ってはいたが、改めて目の当たりにすると熱量がすごい。

俺にはあの輪に入っていく勇気はない。こうして遠目で眺めるのが性に合っている。

「冬季《ふゆき》くん！　おはよ～！」

背後から声が飛んできた。

振り返ると、同じ生徒会役員で庶務の土宮《つちみや》みうがそこにいた。

ロップイヤーのようにちょこんと栗色《くりいろ》の髪を結んだ小柄な女子。成長期という名の概念

から忘れられた体型だけでなく、顔立ちも中学生とそれほど変わりない。いや、ランドセルを背負っていたら小学生と間違われることもありうる。

——こんななりをしているが、同級生でかつ俺の幼馴染《おさななじ》みだ。だからこそ言える。小学五年生の時から身長が一ミリも伸びてない。成長止まってるんじゃないか？　と思う。

そんな小動物がぴょこぴょこと飛び跳ね、

「さすが会長。中間テストに続いて期末テストでも一位だよぉ。ホント憧れる〜」

きらきらと目を輝かせる。

みうも律花に憧れる生徒の一人だ。自身でも信者を名乗るほどの狂信者だ。

「みうは何位だったんだよ」

「あ、うん……そこそこ、だよ？」

「聞いた俺が悪かった。今後一切聞かない」

「いいもんいいもん！　どうせ毎回下から数えた方が早い順位だからっ」

ぷいっとそっぽを向いてしまった。

わるいわるい、と俺は謝る。

小学生の頃から、みうの成績はいつも俺と同じくらいだ。勝ったり負けたり、ちなみに前回の中間テストは国語と英語だけ俺が勝っていた。

「さっきゲタ箱で律花会長、なにか手に持ってなかったぁ？　手紙みたいなの」

「見てたのか」

同じ道を通ってきていたんだから、目には入るだろう。

隠しても仕方ないので話した。

「ラブレター、らしい。詳しくは見てないけど」

「うにゃー、やっぱり会長はモテモテだぁ」

「モテるけど、付き合うとなると男の方がかわいそうだな」

「そう？」

「だって、会長と対等に付き合える男なんてなかなかいないだろ。それこそ芸能関係者とか」

「むむぅ……付き合うにはわたしもモデルになるしかないみたいだねぇ」

「付き合いたいのか……」

まあそういう方面の恋愛感情を否定しないが……。

「うそうそ。会長はわたしにとって永遠の女神だから」

本当に信者だな。

「そういうこと本人の目の前では言わないようにな」

苦笑いされるだけだから。

「冬季くんは会長のことどう思ってるのぉ？」

「どうって、みうほどじゃないけど……」

尊敬しているし、憧れている――けど、面と向かって誰かに話すのは憚《はばか》られる。

「ん？　ん？　わたしほどじゃないけど？」

「いいだろ別に」

頬が熱くなっているのがわかる。

「あっ、ふーん、そーなんだー」

ニヤニヤするみう。うざい。こういう時、幼馴染みだということを呪いたくなる。隠していてもすぐに察せられる。

「うるさいな。ほっとけ」

なんて言っても聞かないのも承知の上だ。

「おーけーおーけー。じゃあ聞き方変えて――好きになったりとかしないの？」

終始ニヤニヤするみうに俺はため息を吐《つ》いた。同士を見つけた！　とでもみうは思っているのだろう。

半分諦めて、俺は口を開いた。

「そもそも会長と俺じゃ釣り合わないだろ。かたや全校生徒が憧れる生徒会長、しかも世間的にもモデルとして認知されている有名人。かたや一般男子生徒。一緒の生徒会でたまに頼られるくらいが丁度いいよ」

律花に憧れてからずっと頼られたい、役に立ちたいって気持ちがある。好きとかそういう邪《よこしま》な感情とは違う。

「ほへぇ～……意外とストイックなんだぁ」

「そうじゃないけど——まあ、会長のことを知れたって意味ではお前ほどじゃないけど、生徒会に入ってよかったよ」

純粋にそう思う。俺が生徒会に入らなかったら、ただの帰宅部として灰色の高校生活を続けていただろう。

「えへへへぇ～」

「なんだその顔は」

ぐにゃぐにゃになっているみう。さっきのニヤニヤよりひどい顔だ。

「だってだって、ずっと気になってて！　わたしから誘ったのに、後悔してたらやだなぁって」

「そういうことか」

俺が生徒会に入った理由は、単純にみうに誘われたからだった。

みうは一年生の頃から生徒会に入っていた。二年生になった時、『暇なんだったら生徒会に入ってみる？』と言われて、バイト以外にやることがなかった俺はとりあえず選挙に出て、偶然当選。生徒会に入った。

最初こそ惰性だったものの、律花に会えたし、なんだかんだで楽しいし、入ってよかったと思う。忙しいのは嫌だが。

「後悔って……ずっとそんなこと思ってたのかよ」

「そうだよぉ。だって冬季くんってあんまり目立ちたがらないでしょぉ？　会長の隣にいたら否《いや》が応《おう》でも目立っちゃうから」

「俺は目立ちたがらないってわけじゃなくて、単に話す相手と話題がないだけだって。別に無口じゃないだろ」

「そういえばそうだねぇ〜。でもよかった、ちゃんと冬季くんの口から入ってよかったって聞けて」

みうはホッと胸を撫《な》で下ろしていた。ずっとそんなこと気にしていたのか。なんか悪いことをした気がする。

なんだかこっ恥ずかしいが、一応言葉にした方がいいかもしれない。ちゃんとありがとうって。

「みう……まあ、お前が誘ってくれて始めたことだし、ありが――」

「――あっ、律花会長！」

みうの明るい声で言葉が遮られた。

（まあいっか）

みうもあんまり気にしてないし、また違う形でみうには礼を言おう。

俺もみうと同じ方向に目を向ける。

もみくちゃにされていた律花が疲れた表情でこちらに向かって歩いてきていた。

「おはよ、みうちゃん」

「おはようございます、かいちょ――むぎゅ」

挨拶をする前に、みうが律花によってぎゅっと抱きしめられていた。

「う～ん、柔らか～い。栄養補給、栄養補給～」

「か、かいちょ、ちょっとぐるじいですぅ～」

みうの顔に律花の豊満な胸が押し付けられていた。なんとも目のやり場に困る光景だ。

ほら、男女問わず他の生徒たちが律花たちを見て羨ましがっている。

たまに生徒会室でも小動物のようなみうがこうして被害に遭っている。今日は人前だというのに、律花は人目を憚らずにみうを抱きしめてしまっている。

このまま待ってても永遠に終わらなそうだ。

「会長、そういうのは生徒会室だけでしてください。人目がありますよ」

「あと一分だけ～」

「長いです」

最初の頃は女の子同士の絡《から》み合いにドギマギしたりしたが、今ではすっかり慣れた。

ひとしきり抱きしめた律花は満足したのか、みうを解放した。「はぁうえ～」ともみくちゃにされたみうは呆《ほう》けてしまっていた。

「満足しましたか？」

「うんっ！　みうはスモールサイズで抱きごこちいいしっ」

と言ってまたぎゅっと抱きしめる。「ぐうぇ」と今度は本気で締まってるからやめてあげてほしい。

あ、そうだ。言い忘れていたことがあった。

「今日は俺、バイトがあって生徒会室に行けませんから」

昨日の内に言っておこうと思っていたのだが、忙しかったせいもあり、忘れていた。

「ん？　そう？　あたしも今日無理だから、琴葉《ことは》に任せよっか」

琴葉──秋沢《あきさわ》琴葉は生徒会副会長だ。律花の幼馴染みらしい。

普段はおっとりしているが、律花くらい優秀な人だ。副会長に任せておけば何か緊急の仕事が入っても何とかなるだろう。そこのテストの成績上位者にも入っているくらいだ。

「会長が用事ってめずらしいですね。モデルの仕事ですか？」

「ううん、違う違う。個人的なものだよ」

個人的。プライベートの用事だろうか。ならあまり突っ込んで聞くのも失礼かもしれない。

「わたしも今日はテニス部の練習がありますし……。副会長だけで大丈夫でしょうか？」

「昨日のうちに仕事は終わってるし、大丈夫だと思うよ。何かあれば連絡いれてくれるように言っておくし」

律花に同意。バイトを休んでまで生徒会を優先したくない。

律花の三年の教室は二階にあるので、ここで彼女とはお別れだ。

「会長～、ばいばいでーす」

ぶんぶんと律花に手を振ってから、たたっとみうは階段を駆け上がって行く。

「冬季くん、冬季くん！」

みうは踊り場まで駆け上がると、階下にいる俺に振り返って、

「教室まで競争しよっ！　負けたらジュース一本！　よーい、ドン！」

ぴゅーっ、と走って行ってしまった。

（おい、最初から不公平なスタートじゃないか？）

そもそもそんなバイタリティーに溢《あふ》れていないので、俺はため息を吐きつつ、ゆっくりと階段を上っていく。

（生徒会に入ってよかったな）

と何のジュースを奢《おご》るか考えつつ教室へと向かったのだった。

◇

放課後。

予定通り、俺はバイトへと赴いた。

なんのことはない普通のスーパーのレジ係のアルバイトだ。全国展開している大型チェーン店というわけでもないので、店舗規模もさほど大きくはない。それにショッピングモールや駅ビルに入っている店舗でもないので、平日の昼間はレジをフル稼働《かどう》させなくても十分回るくらいの客入りだ。

俺は店舗二階の更衣室でバイトの制服に着替えてから、事務所前でタイムカードを切る。

慣れた作業だ。一年前はタイムカードを切るだけでドキドキしたものだというのに。

それから一階の販売フロアに下りて行く。

扉をくぐってサービスカウンター脇に出ると、客や店内放送の雑音が耳に飛び込んだ。

俺の眼前に立ち並ぶレジは現在三台稼働しており、うち一台が暇を持て余しているような状態だ。やはり平日の昼間だからか、あまり人は多くない。

「おはようございます、店長」

サービスカウンターに恰幅《かっぷく》のいい男性がいたので、俺は声をかけた。店長だ。どうやらカウンター下から何か物を取り出していたらしく、重い体を起こした店長はすぐに俺のことに気づいた。

「おお、おはよう有馬くん。さっそくだけど、四番レジと交代して。今日新人入ってて、ざっと説明したら君のとこにサッカー業務入ってもらうから」

「はいわかりました」

新人か。誰だろう。この一年で何度か入ったことがあったが——そういえばそろそろ夏休みに入る。暇な大学生か高校生が入ることが多いのもこの時期だろう。

俺は言われた通り、四番レジにいるパートのおばちゃんと交代でレジに入り、名札のバーコードをスキャンしてレジの準備をする。これも慣れた作業だ。今なら寝起きでもできる。

「おはよう、有馬」

声をかけられハッと振り返る。

「ああ、澤野《さわの》先輩。おはようございます」

後ろにいたのは俺がこのスーパーに勤めるより前からいる大学生の澤野春斗《はると》先輩だ。無造作にまとめ上げた髪に整った顔立ち、それに面倒見がよく、俺がバイトに入ったばかりの頃はよく一緒のレジに入って手ほどきしてくれた。ちなみにパートのおばちゃん連中による暫定イケメン男性ランキングでは堂々の一位……らしい。

「先輩。新人入ったって聞きましたけど、見ました？」

「ああ、さっきまで店長から接客用語のこと聞いてた。懐《なつ》かしいよな、俺なんて『ありがとうございました、またお越しくださいませ』が言えなくて、最初舌噛《か》んだんだぜ？」

「はは、俺も似たようなもんですよ。声小さいって何度か怒られました」

緊張していたせいもあるが、店内が広い上に空調などの音もうるさいので、家や学校にいる時よりも声を張らないと目の前の相手にさえちゃんと伝わらないことが多い。

それと同じことを今も新人が味わっている。一年も経《た》てば懐かしく感じるものだ。

「――それで、新人ってどんな人なんですか？　大学生？」

「あれ？　有馬聞いてない？　俺よりお前の方が詳しいと思ったけどな」

どういう意味？　詳しいと言われても、今初めて店長から聞かされたわけで、知っているわけがない。

「まあ見たらわかるんじゃないか？　有馬と同じ北高に通ってるしな」

同じ現役北高生の新人は初めてだ。

「今その人はどこにいるんですか？」

「さっき有馬が下りてくるちょっと前にトイレ行ったから、そろそろ戻ってくるんじゃないか——ほらきた」

今回はどんな新人だろうか。

トイレから戻ってきたという新人がたどたどしい様子で八番レジに歩いていくのが視界に入った。ん？　あれは……。

「え……律花会長？」

八番レジに入ったのは、間違いない——夏木瀬律花本人だった。どうやらお客さんが来ないようにレジを閉めて、トレーニングモードで店長からレジの説明を受けているようだ。

律花の前に置かれたカゴの中には、練習用に持ってきたカップ麺やお菓子がいくつか入っている。

どうやら俺のことには気づいていないようだ。フロアは広いし、八番レジから俺のいる四番レジが遠いからだろうか。それか初日で緊張して視野が狭くなっているのかもしれない。

「やっぱり知ってたな。今生徒会長やってるんだな」

「先輩は会長のこと知ってるんですか？」

「俺が三年の時、夏木瀬は一年だったんだよ。その時、俺が生徒会長で夏木瀬は庶務」

初耳だ。澤野先輩が北高生だったのは知っていたが、律花と同じ時期に生徒会で働いていたとは。

「俺はそろそろ戻るよ。夏木瀬はお前のとこのレジに入るんだろ？　まあがんばれよ」

と言い残して、澤野先輩は離れた一番レジへと戻っていった。

――いや、まさか律花がわざわざここにバイトに来るなんて思いもよらなかった。

そういえば、今日の朝会った時に『今日は用事がある』なんて言ってた気がする。つまり俺と同じバイトがあったから生徒会に行けなかったわけだ。

しかし律花がレジバイトか……うちはスーパーだから夕方はそこそこ忙しく、手が足りないこともしばしばある。

律花ほど手際《てぎわ》がよい人ならすごい戦力になるかもしれない。最初の一週間は覚えるのに必死かもしれないが、一か月もすれば俺が逆に教えられることも――。

「よし、じゃあちょっと恥ずかしいかもしれないけど、声出しの練習もしてみようか」

「は、はい！　い、いらっしゃいませ！　袋はおもぢっ――いてて、舌噛んだ～」

「あはは、焦《あせ》らない焦らない」

店長が隣に立って、律花にお辞儀と接客用語をレクチャーしていた。

……まあ、会長でも舌を噛むことくらいあるだろう。しかし模擬練習でお客さんもいないのに、緊張しているように見えるが。

「ふ、袋はおも、おもち……えーと……」

(めちゃくちゃ緊張してる！)

しかも頭を下げすぎてカゴに頭をぶつけてる。

元々、律花は人前とかで緊張するタイプではない。生徒会長として始業式や終業式、会長立候補選挙などで全校生徒の前で凛々《りり》しく話す姿を何度も見かけている。

(会長もあんなに緊張するんだな)

なんだか新鮮な気持ちになる。学校では決して見られない律花だ。

俺も最初はあんな感じだったのだろうか。いや、客のいない模擬練習でそんな緊張したことはないぞ。声を出すのがちょっと恥ずかしかったりしたが……そこまで酷《ひど》くなかったはずだ——あ、また頭ぶつけてる。

新鮮な気持ちで律花を眺めていると、俺のレジにもお客さんがやってきた。

後で俺のレジにサッカー業務として入ってくるらしいが、いろいろ手ほどきしなければいけないだろう。まだ一日目だし、俺も傍《はた》から見るとあれくらい酷い緊張をしていたかもしれない。

（でも会長のことだから次の出勤日には完璧にこなしてそうだな）

——そうこうしている内に、三十分程度が過ぎた。レジに並んでいた客を全員さばいた後、一呼吸置くと、店長がやってきた。

「有馬くん、今から新人の子入るけど、お願いできる？」

どうやら一通り訓練は終わったらしい。律花本人はいないようだが、練習でスキャンしていた商品を棚に戻しているのだろうか。

「はい大丈夫です。サッカー業務だけやらせればいいんですよね？」

「まだ入って一日目だから、フォロー お願いね。まあ有馬くんなら任せても大丈夫でしょう」

と話していると、件《くだん》の律花がレジにやってきた。緊張しているせいか俯《うつむ》き加減だ。

近くに来て、ようやく俺に気づいたのか、目を丸くして、

「有馬くん⁉　あれ？　キミもここのバイト？」

どうやら俺がここで働いていたことを本当に知らなかったようだ。

「そうですよ。もう一年くらいですね」

「ここ？　なんで？　うそ！」

そんなに動揺することか？

「モデルも生徒会長もやってるのに、よくスーパーのバイトもやろうと思いましたね。結構大変ですよ、レジ打ち」

「へへ……そうみたい」

「お金に困ってるんですか？」

何か高価なものでも欲しいのだろうか。

「そうじゃ、ないんだけどね……」

なんとも歯切れが悪い。まあ律花なりの事情があるのだろう。

「とにかく、すぐ客が来ます。準備してください」

「う、うん……」

おどおどした様子でレジに入ってくる。

「きゃっ」

足がもつれたのか、転びそうになって俺にもたれかかってくる。

「大丈夫ですか？」

ふんわりと律花の匂いがする。細い体なのに、意外と重みを感じる。制服越しに触れる感触は俺にとっては未知の感覚だ。

「ご、ごめん……」

上目遣いになって弱々しく謝る律花。なんだか弱った小動物みたいだ。こんな律花初めて見る。

店長が俺の肩をポンと叩《たた》く。

「じゃあ有馬くん、あとはよろしくね」

「あ、はい。わかりました」

そう言って店長は二階の事務室へと戻っていく。

さて。

「会長。どこまで店長から教わりまし――ん？」

「………」

どうしたのか。俺の声が聞こえてないのか、律花は心ここにあらずといった雰囲気だ。どこか遠い目をして頬を赤らめていた。

「会長？」

「あ、は、はい！」

ぴこん、と俺の声に反応して姿勢を正す。

「あんまり緊張しなくても大丈夫です。お客さんも常連ばかりですし、今日は少ないですから。ゆっくり行きましょう」

「う、うん！　がんばる！」

ぐっとこぶしを握りしめる律花。元気なのは変わっていないようで安心した。

でもどう教えたらいいだろうか。

「店長からどこまで教わりました？」

「え、とね……とりあえず商品のスキャンと画面のプリセットのところとか」

レジの中央にあるタッチパネルのことだ。バーコードのない青果の商品などはパネルをタッチして登録する。

「じゃあサッカー業務は形だけならできる感じですね」

「さ、さっかー？」

あんまり聞き覚えがないようだ。無理もない。

「店長から聞いてないですか？　レジ係でサッカー業務って言ったら商品をスキャンした

り、必要ならレジ袋やエコバッグに入れてあげる仕事のことです」

「あ、そういえばさっき聞いたような」

「じゃあとりあえず、一つずつ慣れていきましょうか。最初ですので慌てなくて大丈夫です。ミスなくいきましょう」

「…………」

律花が俺の顔を見つめている。なんか値踏みされているみたいだ。

なんだかこそばゆく感じてしまう。

「な、なんですか？」

「有馬くん、学校の時と違って、すごいはきはきしてるなと思って……」

「そんなに違いますか？」

「うん、学校じゃ、あー、とか、うー、とか言ってるイメージ」

「ゾンビじゃないんですから」

確かに学校じゃ授業中は寝てるし、人とあんまり喋《しゃべ》らないし、生徒会室でも自分の机に突っ伏していることが多いけど……。

バイトだとちょっとはマジメにしておかないと、客からも怒られるし、無意識のうちにバイトモードの自分と切り替えているのは確かだ。

「まあ普通ですよ、これくらい」

「…………」

またじっと見つめられている。だからこそばゆいって。

「なんですか」

「敬語使った方がいいのかな？　あたしの方が後輩なんだし」

「会長に敬語使われたら、余計に気を遣っちゃいますよ。普通にしていてください」

学校の先輩から『よろしくお願いします先輩』なんて言われたくない。

——と、そうこうしているうちにカゴを片手にこちらのレジに向かってくるおばちゃんがいた。

「ほら、来ましたよ会長。声出しお願いします」

——さて、肝心のお手前は……。

「あ、うん。い、いらっしゃいま——いてっ！」

頭を下げすぎて目の前のカゴにまた頭をぶつけていた。さっき一人で練習してる時から学んでないのか。

おばちゃんが「あらあら」と微笑《ほほえ》ましげな目を律花に向けていた。一発で新人と見抜かれたようだ。常連のおばちゃんだし、このあたりは寛容だろう。

「えと……えと……」

緊張しすぎて手が震えている。大丈夫か。

次に律花はカゴから商品を取り出して、バーコードをスキャンするも――。

ピピピピピピ。

「おーいっ！　ちょっと会長！」

「え、え？」

手が痙攣《けいれん》しているせいで連続スキャンされてしまって、ディスプレイ上の商品の個数表示が二ケタに突入してしまっている。からしを二十本も買う客がいるか。業者か。

「すみません、今取り消しますので――って、早く手をどけて会長」

俺がディスプレイを操作して取り消しボタンを押しているのに、同時にスキャンが入るせいで打ち消し合っている。むしろ若干スキャンの方が早くて個数が増えてしまっている。

「あっはっは」とおばちゃんは大爆笑。笑ってくれる人でよかった。

「会長、ゆっくり――ほら！　ディスプレイも連打しない！」

大丈夫だろうか。会長らしくない。

それに緊張とかいうレベルのミスじゃない。もう金額が一万超えている。

……結局最初から打ち直して、時間がかかってしまった。常連のおばちゃんは「がんばってね」と最後にエールを送ってくれた。普通、怒られてもおかしくない。

「あうぅ……」

がっつりと落ち込んでいた。こんなにミスばかりするなんて、律花にしてはめずらしい。生徒会ではどんなことでも一瞬でコツを吸収し、誰よりも早く仕事を終わらせるのだが……。

「大丈夫、焦《あせ》らないで。いつもの会長を思い出してください。次来ますよ」

もう次の客が来ていた。当たり前だが、客は待ってくれない。

「は、はい。いらっしゃいま——げほげほっ！」

むせてどうする。

——そうこうしている間に一時間は経《た》った。そろそろ昼下がりの暇な時間は過ぎ、夕方の忙しい時間に入る。レジから見える惣菜《そうざい》コーナーではそこそこの客が行き交っている。あと五分もすれば現在稼働《かどう》しているレジ全てに客が並ぶようになるだろう。

並んでいた客を一通り捌《さば》き切り、俺は小さくため息を吐《つ》く。かなりひどい接客レベルだけれど、律花のことだからすぐに慣れてくるだろう。

「会長、そろそろ忙しくなるんですけど、今日は何時まで——会長？」

頬を赤らめながら、とろんとした目で一番レジ辺りを見つめている。そういえばこのレ

ジに入った時もどこか心ここにあらずといった様子だった。

一番レジ——というと澤野先輩が入っているレジだ。今も丁寧に接客をしていて、律花が見つめていることすら気づいていない。

(そういえば会長は澤野先輩に会うのは二年振りなのか?)

偶然見つけて懐《なつ》かしんでいるのかもしれない。

「会長?」

と声をかけると、びくっと反応した律花は慌てたように首を振った。

「べ、べべ別に! なんでもないから」

(どうした?)

さっきレジで接客してた時より動揺しているんだが。

「いや、いいんですけど……そういえば澤野先輩と知り合いなんですよね?」

「っ!」

律花の表情が固まった。それからすぐに、律花は目を泳がせて、

「知ってたっちゃ知ってたかなぁ~。どうだろう~」

と乾いた笑みを浮かべた。さっきから様子が変だ。

「別に隠さなくてもいいですよ。澤野先輩から関係聞きましたし」

「えっ！　な、なんて言ってたの⁉」

ぐいっと顔を近づけて、肩を摑《つか》んでくる。近い近い。

「せ、生徒会長と庶務だったたってくらいです――ってか近いです」

「あ――そ、そうだよね！　うんそうだよ！」

うんうん、と律花は勝手に納得して頷《うなず》いていた。

元生徒会長と元庶務――今の俺と会長と似た感じの関係だったのかもしれない。久しぶりに見かけたら気になるのも頷ける。けど――。

（そんな動揺するか？）

俺が声をかけただけで勝手にテンパるなんて『らしく』ない。

（もしかして……いや、そんなわけないか……）

と俺が脳裏に浮かんだことを否定していると、客のおばちゃんがカートを押して、このレジに入ろうとしていた。

俺は小さく咳払《せきばら》いして、

「ほら、会長。次のお客さん来ますよ」

「あ、い、いらっしゃしゃいマセ！」

声、裏返ってますよ。

それにしても、と思う。今日の律花はまるで普通の女の子だ。

学校では完璧な生徒会長の律花。どんな仕事もそつなくこなし、生徒のみんなから頼られ、先生からも一目置かれる存在だ。

でも今の律花はそんな完璧さとは程遠い存在になっていた。

初バイトとはいえ、がちがちに緊張し、今も隣でバーコードのスキャンに手間取っている。学校では絶対見られない姿だ。

「まったく……」

学校とは立場が逆転してしまった。俺がこうして律花にいろいろ教えることになるなんて。

「え？　有馬くん何か言った？」

お客さんの持ってきた商品をスキャンし終わった律花が、俺に向き直った。

「いえ何も――２８９１円になります」

切り替えないと。律花の手前、先輩の俺がレジ業務を失敗するわけにはいかない。

いやしかし――。

「お、お箸はごいりようデスカ⁉」

毎回、声が裏返っているんだが。

◇

——それから三時間。

バイト初日というと、一、二時間くらいの研修で終わり、他にシフトに入っている人より早く帰るのが普通だと思ったが、律花は俺と同じ夜九時までしっかりシフトに入っていた。

「じゃあ、有馬お疲れ。夏木瀬も初出勤お疲れ」

シャッターの閉まった店の外で、そう別れを告げると、澤野先輩は早々にバイクにまたがって帰って行ってしまった。

「あ、あ……」

澤野先輩を乗せたバイクが遠ざかっていく。久しぶりの再会でもっと話したいこともあっただろうに。まともに二人が話したところを俺はまだ見てない。

仕事が終わって事務室でレジ金を集計していた時も、一緒にいたのに一言も話さなかった。

(仕事忙しかったし、仕方ないよな)

まあ、これから働くのなら機会はいくらでもあるだろう。

明かりの消えた敷地内で突っ立っているわけにもいかず、俺も「じゃあ俺もこれで——おつかれさまです」とだけ告げて、駐輪場に駐《と》めていた自転車にまたがってさっさと行こうとすると、

「ま、待って！」

律花に袖をぎゅっと握りしめられた。

「一緒に帰らない？」

「一緒にですか？」

暗い夜道に女子を一人で帰らせるのは危険かもしれないが……。

「自転車とかで来なかったんですか？」

意外と家が近いのか。そういえば律花の家を俺は知らない。

「歩いて五分くらいだから、そのまま来たの」

「いいですよ。でもどうして？」

「バイトのことでちょっと相談があって……」

「俺にですか？」

相談？　バイト？

今日は全然レジの仕事がうまくできなかったから、どうすればいいの——っていう仕事

の相談か？　いや、どちらかというと――。

（澤野先輩のこと……か？）

今日、バイトで律花の様子がおかしかったのが脳裏にちらつく。

「うん……ダメ？」

うるうると潤んだ瞳で上目遣いをする律花の破壊力は、一般男子ならコロッといってしまいそうなほどだった。

どんな形であれ、律花に頼られるのは嬉《うれ》しい。力になれるのなら、なってあげたい。

でも――。

「俺なんて頼りになりませんよ？」

俺は自分の力量というものをよく把握している。

律花に頼られるほど俺は自分のことを高く評価していない。

「そんなこと――」

律花の言葉を切ってでも俺は言葉を続けた。

「学校でも俺、会長の足ばっか引っ張って……会長の相談相手なんて俺――」

気持ちが俺を否定する。『俺なんて』なんて都合のいい言葉で俺が塗り潰されている。

「そんなことないよ！」律花の言葉が俺をハッとさせた。「頼りにならないなんてことないよ」

「どうしてそう思うんですか？」

俯《うつむ》きながら俺は訊《たず》ね返していた。

間髪入れず律花は応えた。

「あたし、何度も生徒会で有馬くんに助けられてるよ。この前だって美化委員会の議事録作ってくれたし、あたしが忙しい時は率先して仕事を受けてくれるし」

「それくらい当然ですよ」

「それくらい当然って言ってくれるのが有馬くんのいいところだよ」

そんな風に想《おも》ってくれていたなんて知らなかった。学校では言われた仕事や当たり前の仕事をやるのが常で、頼りにされていたなんて思いもしなかった。

「それに、今日だってレジ仕事初めてのあたしをフォローしてくれたじゃん」

「それは仕事ですし、俺は一年の経験がありますから」

どうしても否定的な意見が口から出てしまう。生来、俺は自分に自信がない。もしかすると頼られるという状況に慣れていないだけかもしれない。

「頼りにならないなんてこと絶対ないよ」

よかったら——と律花は続けた。

「話だけでもダメ、かな？　澤野先輩のことなんだけど」

律花の相談内容はだいたい想像がつく。

（恋愛相談……なんだよな）

改めて澤野先輩のことで相談――なんて言われると、さすがにそうとしか考えられない。

加えてバイト中の律花の様子からも察せられる。

「バイト内容の相談ならともかく、澤野先輩のことって……それこそ俺でいいんですか？」

恋愛経験ゼロの俺が何かアドバイスするなんて、それこそ自信はないのだが。

「むしろ有馬くんじゃないと相談できないよ。バイトの澤野先輩のこと知ってるの有馬くんしかいないし……」

「言われてみれば……」

バイトで澤野先輩とはいつも話しているから、情報を持っているという点では俺が適任ではある。

「まあ、じゃあ話を聞くくらいなら」

「うん、ありがと」

俯き加減に律花はそう呟《つぶや》いた。

俺は自転車から降りて手押しで一緒に帰ることにした。

それからしばらく横並びで歩き出す。

「…………」

「…………」

からから、と自転車のチェーンが空転する音だけが閑静な住宅街に響く。どこかから救急車のサイレンが聞こえる。

「…………」

「…………」

沈黙が続く。気まずい。

もしかすると律花も恥ずかしいのかもしれない。俺がきっかけを作ってあげるべきか。それもなぜか躊躇《ためら》ってしまう。このまま話さないならそれでもいいとさえ思ってしまう。

「ねえ、公園に寄らない？」

ぐいっと律花が俺の半袖の裾を握ってくる。力強く引っ張ってくるので、自転車ごと体勢を崩しかけた。

「いいですけど……」

俺たちは公園に寄った。

昼間は小学生や園児で賑《にぎ》わう公園は、夜九時過ぎとなると人っ子一人いない。ここは住宅街にある小さな公園と違い、散歩コースとして緑が多く、広い公園だ。遊具もあるが、夏はどちらかというと避暑地としてよく使われている緑地公園だ。道沿いの茂みからは虫の声が響き渡ってくる。今は他に誰もおらず、静かだ。

街灯に照らされたブランコに律花がちょこんと腰かける。このまま俺も隣のブランコに座ろうと思ったが、まだ律花は話すような態度になりそうにない。律花は俯きながら地面の土を靴でいじいじといじっている。

「俺、そこの自販機で飲み物買ってきます」

近くに自転車を停めて、公園脇の自販機に向かって走った。

いつも飲んでいる冷たいカフェオレを購入。帰り道にたまにここで買うこともあるので、ここのカフェオレは飲み慣れている。

ちらっと、ブランコに座る律花を見た。せっかくだから、彼女の分も買ってあげよう。いつも律花が生徒会室で飲んでいるほうじ茶を買って、ブランコに戻る。

「会長、これ」

「え……あ、ありがとう」

律花は両手でお茶を受け取ると、「冷たい……」とそれを頬に押し付けた。すごく気持ちよさそうだ。もう七月下旬で夏真っ盛り。律花は私服ではなく学校の暑苦しいワイシャツとスカートという制服姿だ。ずっと暑さを我慢していたのだろう。

俺も買ったカフェオレを首に押し当て、隣のブランコに座る。

「ここ、いい公園だよね。子供の頃から琴葉と一緒によく来てたんだ～」

「俺も小学校に上がる前はよく親に連れられて来てましたよ」

「へぇ？　じゃあどっかでニアミスしてるかもね」

へへ、と律花がはにかむ。もうバイトの緊張は解けているようだ。

「そうですね」

と俺が答えると、公園にまた沈黙が戻った。

律花の言葉を待っていると、

「有馬くん、相談って言ったと思うんだけど……」

「その前に、一つ聞いていいですか？」

「え？」

きょとんとして律花は俺の瞳を覗《のぞ》き込んできた。

「もしかして会長は澤野先輩のこと……」

「それは……えっと……」

律花は視線を下に向けていた。どこか恥ずかしそうに見える。俺も同じだ。言葉にしようとするとどうしても羞恥心が邪魔をする。でも言いたいことは伝わったようだ。

ジジ……と街灯が点滅する。

真一文字に結んだ律花の口がゆっくりと開かれた。

「……わからないよ」

「わからないって、その……好き、とか……？」

俺は指先で、熱くなった頬を掻《か》いた。告白しているような気持ちになってしまう。

「正直その……。──ねぇ、あたしと先輩のこと、どこまで聞いたの？」

「同じ時期に生徒会にいたってこととしか……」

澤野先輩がそう言っていた。交際関係にあるとか、お互い気になっているとか、そんな匂わせぶりな発言もなかった。

「先輩って結構、学校のいろんな人からモテてたの。異性だけじゃなくて同性からも」

「同性からも⁉」

え？　そういう関係も？

「あ、違う違う！　モテるっていうのは憧れっていう意味で……」

「あ、ああそうですよね」

びびった。もしかすると男子からアレな告白が毎日来ているのかと思っていた。

憧れの対象であるということは、つまり高校三年生の時の澤野先輩は今の律花会長のような存在だったということか。一年から三年までみんなから尊敬を集める存在——十分想像できる。

「それでね、あたしもずっと憧れてて、生徒会に入ってもずっと憧れだったの」

(憧れ……)

俺が生徒会に入った時のことをふと思い出す。

俺はみうに言われるまま、惰性のような感覚で入った。

そこで俺はみんなから頼られ、尊敬される律花に憧れを抱いた。

あんな人の役に立ちたい。頼られたい——そんな気持ちだった。

「あの人に認められたい。澤野先輩に振り向いてほしいって、思うようになって……でも同じように思っている同級生も結構いて、あたしもその中の一人だったんだ」

キィ……と律花はブランコを揺らした。「だから——」と続けて、

「今の気持ちが本当に好きなのか、はっきりわからない。けど先輩の前だと緊張しちゃうんだ。これってどうなのかな……?」

街灯に照らされた律花の表情はどこか火照《ほて》っているように見えた。

（それが相談の理由か）

自分の気持ちがわからない。だから客観的な意見がほしいということだろう。

もし本当に律花が澤野先輩のことが好きなら、俺は応援したい。俺を頼ってくれるのであれば、協力は惜しまないつもりだ。

けど今の律花の心は揺れている。

俺が後押しをしようにも、迷ったままの律花にかける言葉が見つからない。

「会長はどうしたいんですか？」

「どう……？」

「付き合いたい――とか。そういうのです」

口にしていて小恥ずかしくなるのはなんでだろう。恋愛相談というものに慣れないからか。

「どう……か」

じゃり……と律花の靴が地面の砂を削る。

「……そっか、そうだよね」

（なんだ？）

何か納得したのか、律花は視線を落としながら、ふんわりと微笑《ほほえ》んだ。

——律花と澤野先輩。

会長だった澤野先輩と話す機会も多かったはずだ。俺には知りえない二人の時間があって、笑い合うこともあっただろう。

律花がバイトに応募してきたのは、二年経《た》ったにもかかわらず澤野先輩を追ってきたからだろう。それが答えなのではないか？

律花に告げればもしかしたら納得してくれるかもしれない。

俺が口を開く前に、律花が語り始めた。

「当時のあたしはダメダメでいつも澤野先輩に助けられてた。何をしても自信が持てなくて、でも澤野先輩はいつも自信満々で——結局卒業して学校からいなくなって」

話しながら律花は手の中でペットボトルをころころと転がしていた。ずっと俯《うつむ》く彼女の横顔は普段の律花と全く違う。

「あたしはいつか自信を持って澤野先輩の横に立つために、ずっと努力してきた。生徒会長になってようやく理想の自分になれたのかなって思ってたけど……今日のあたし、前みたいだった」

半ば口から勝手に出たような律花の独白に、俺は少し共感してしまった。

（じゃあ今日の会長は……）

あのテンパった律花は素《す》──だったということだろうか。素というと少し語弊があるかもしれない。あれは昔の律花のままだったということだろう。

「あたし……やっぱり」

独り言のようにぽつりと律花は呟く。

こんなに弱々しい律花を初めて見た。

ダメ──なんかじゃない。学校での律花はみんなの憧れで、なんでもできて、頼りになる生徒会長だ。

俺は知っている。普段の律花をいつも見てきている。あのテンパった姿とは違う、いつもの律花はダメなんかじゃない。

「今日は──そう、今日はダメだったけど……」

そして律花はどこか吹っ切れたみたいに「うーん！」と背伸びをして、

「あたしは今のあたしを澤野先輩に見てもらいたい」

「え？」

それは普段の律花を──という意味だろうか。律花は続けて口にした。

なって」

「ちゃんとしてるあたし。前みたいじゃない──成長したところを澤野先輩に見てほしい

──成長したところを見てほしかった。

澤野先輩に見せたかったのは『そういう』律花だった。

ようやく得心がいった。律花がバイトに募集してきた理由はそういうことだったのだ。

「有馬くんは、どう思う？　どうしたら見てもらえるかな……？」

律花にとって『成長した律花』というのは俺にとっての『普段の律花』のことだと思う。

ならやることは一つだと思う。

「普段の自分を見せる場を作るしかないですよ」

今日、律花が緊張してテンパったのは、普段の自分を見てもらいたいと意気込み過ぎたからだと思う。それが特殊な環境──バイトという環境が合わさってあんなにミスを連発してしまった。

緊張するのは多少仕方ない。ならバイトという環境を取り去り、いつもの律花を見せればいい。

いつものというのは俺にとっては生徒会長である律花のことだ。だが澤野先輩を生徒会室に連れていくわけにもいかない。

「二人で一緒に遊びに行くとか、かな？」

律花がぽつりと口にする。

それは俺も思った。妥協点として二人で一緒に遊びに行くことだ。

問題は山積みだが、その前に一つ。

「それってデートってことになるんですけど……」

「え！　デート⁉」

驚かれるとは思わなかった。客観的に見てそうだろうと思っていたが、本人は違ったようだ。「あ、いやでも……そうなるのかぁ」とどうやら納得はしたようだ。

律花自身もその気はあるらしい。

「それだと、いきなりデートしてくださいって言って、澤野先輩、一緒に行ってくれるかなぁ」

それもそうだ。

うちの学校の男子なら、律花に「デートしてください」って言われたら、誰だって首を縦に振るだろう。

けど澤野先輩にとって律花はただの後輩でしかなく、断られる可能性もある。

「何かイベントとかあったらいいんですけどね」

「イベント？」

「例えば夏休み明けの文化祭とか。こんな催し物やってるんですけど、って会話で入れば、澤野先輩はＯＢですし、予定がない限りは誘えると思いますよ」

成功率は高いだろう。

問題は二つある。一つは、誘うまでに律花が緊張して切り出せない場合だ。今日の律花を見ていたらサポートなしでは厳しそうだ。

もう一つは、うちの学校──北高の文化祭は九月の下旬だ。まだ二か月も先になる。

それは律花も思っていたようで、「結構先だよね……」と呟《つぶや》いていた。

「せっかくですし夏休み中がいいですよね」

と俺も腕を組んで考える。

学生にとって一番自由に遊べる夏休み期間が誘うのに丁度いい。話題の映画とか最近できたおしゃれなカフェとか何かなかったか……。

「夏なら祭りとか？」

と律花がぽつりと口にした。

「祭り、いいですね。それならバイトの終わり際《ぎわ》とかに話題を出して自然に誘えるかもしれません」

面と向かって『今度の休み暇ですか？』と切り込むより、緊張の度合いは低そうだ。

「とっかかりがあれば、会長なら自然に会話を広げられると思います」

「そう、かな？」

学校での律花のコミュニケーション能力を見ているから、そう思ったのだが。

「問題はタイミングですけど、直近でやってる祭りって――」

俺はスマホを取り出して直近の祭りを検索してみる。

律花は「あっ」と思い出したように声を上げ、

「あれはどう？　花火大会。確か二週間後くらいに河川敷《かせんじき》沿いでやるって聞いたよ」

「いいですね。一応、三日後に隣町で小さいのがあるみたいですけど、河川敷の方が人多いですし」

いいイベントだ。

俺のクラスでも花火大会の話題が出るほどメジャーな祭りだ。おそらく澤野先輩も知っているだろう。

「花火大会かぁ……」

何だか語気が弱い。

「どうしたんですか？」

と俺が聞くと、首を振って、

「ううん、なんでも！ ——その、デート……だよね」

「異性で二人きりなんで、広義的にはそうですね」

澤野先輩と律花のデート——俺は律花がいつも学校ではがんばっているのを知っている。みんなに慕われているところも。デートでそれが澤野先輩に伝われば、きっと『今の律花を見てもらう』ことに繫《つな》がるだろう。

そのためには『デート』として成功させなければならない。

その後は——俺は関知しない。交友を深めて付き合うのも、それっきりなのも、知らない。首を突っ込むのも野暮だし、俺自身、横恋慕は趣味じゃない。

（けど……後悔してほしくはないな）

成功するにしても、失敗するにしても、律花が泣く結果は見たくない。俺の手の届かないところでもいい、笑っていてほしい。

遠くで律花が澤野先輩と笑い合う——そんな姿を想像して、俺は口を真一文字に閉じた。それが律花にとって喜ばしいなら俺はそれでいいと思う。

「うーん……誘うのか……花火大会……」

隣では律花は俺の胸中なんてつゆ知らず、一人で顎に手を当てて考えている。

俺はポケットからスマホを取り出した。もう夜遅い。このまま話していたら翌日になりそうだ。

「もうそろそろ夜遅いですし、今日はこれで――」

「ま、待って！」ブランコから離れようとする俺の袖を律花が掴《つか》む。「実際デートってどうすればいい？」

未経験の俺がそんなことを口に出せるわけがない。それに律花と澤野先輩にどういう共通の話題があるかなんて知る由《よし》もない。

「いや、俺も未経験ですし、そこそこいい服着て、待ち合わせして会場の出店を一緒に歩いて、最後に花火見る、でいいんじゃないですか？」

細かいディティールは知らない。それに人によって理想のデートは違うだろうし。

「でもどうしよう、デートなんてしたことないし……」

「と言われても……」

もう時間も遅い。こんなに遅くなると律花の家の人が心配するかもしれない。

「じゃあ後日……有馬くん、明日《あした》バイトある？」

律花も今日はもう遅いと思ったらしい。確か明日は休みだったはずだ。

「いえ、ないですね」

「それなら明日うちに来て。短縮授業終わって、生徒会で一段落したら一緒に来てほしいの」

「か、会長の家ですか？」

突然の提案に、俺は動揺してしまう。

異性の――しかもあの会長の家。そこに俺が行く。

豪邸だの、専属メイドがいるだの、と噂《うわさ》が流れているが、実際律花の家に行ったことはない。

「時間ならあるし、具体的なデートプランも練れると思うんだ。協力、してくれる？」

俺の袖をぎゅっと握りしめながら、潤んだ瞳で見上げてくる。これを振りほどいて去る勇気は俺にはない。

「でも家って……デートの計画を練る相談なら、例えば生徒会室とか図書室とか……カラオケとかもありますし」

二人で話す場所なんていくらでもある。家はちょっとハードルが高い。

「でも他の人に聞かれたくないし……他の場所って人の目もあるから。うちならその日あたしだけだし」

相談に集中できないというのは納得できる。うーん、と悩んでいると、律花が、

「あたしの家、来るのいや？」

「そんなわけないですよ」

まるで否定しているみたいだったか。そこまで言われたら、これ以上、他の場所を提案するのは失礼か。

「でも……いいんですか？」

「全然いいよ。ここでこれ以上話すのも悪いし」

「そ、それもそうですね……」

家に行くとなると、やはり律花の自室に招かれるのだろう。

どういうところなのか、女の子の部屋に行くこと自体初めての経験になる。

変な想像をしてしまう。別に今、律花の部屋にいるわけじゃないのに、すでに顔が熱くなるのを感じていた。

「ありがとう、有馬くん。何かあったら連絡するから」

「よ、よろしくお願いします」

憧れの会長の家——いや本当にいいのか？　俺なんかが行っても。

二章　アコガレと恋心

「うぅん……」

俺は机の上に突っ伏して寝ていたようだ。重たい瞼《まぶた》をゆっくりと開ける。

ぼぉっとした頭のまま俺は体を起こすと、

「おはよ、有馬《ありま》くん」

「あれ……？」

靄《もや》が晴れるように頭の中がクリアになっていく。おぼろげな視界に映ったのは、学校指定のワイシャツ姿の律花《りつか》だった。

（あ……）

ここは生徒会室だ。俺はいつもの自分の席に座って寝ていた。昨日の夜は公園での出来事が忘れられなくて、ずっと眠れずベッドの中で悶々《もんもん》としていた。

——俺は今日、律花の家に行くことになる。

でも万が一、デートプランについて自己解決していたらどうする？

あんまりがっつきすぎると『え、そんなに来たかったの？　あたしの家』なんて引かれるかもしれない。連絡がなかったから、どうすればいいのかわからない。

いや遠回しに聞いてみるか。『昨日の公園のことだけど』みたいに――。

「はい、目覚めの一本」

「え？」

逡巡《しゅんじゅん》していた俺は突如、現実に戻された。律花が一本のカフェオレの缶を差し出してきていた。

「あ、ありがとうございます――あれ、これ」

「ダメだった？　昨日公園で飲んでたから、好きなのかなって思って」

昨日、俺が公園で飲んだのと全く同じやつだ。いろんなメーカーのカフェオレの中でも俺はこれが一番好きだった。

「いえ好きですよ。覚えてくれているなんて嬉《うれ》しいです」

（まさか覚えていてくれるなんて）

カシュッ、とプルトップを開けゴクゴクと喉に流し込んでいく。うまい。糖分やカフェインの摂取過多の心配もしてしまうが、でも欲にはあらがえない。

そんな俺をじーっと律花が見つめてくる。

「そんなにおいしい？」

「え？」

「なんだか幸せそうな顔してたよ？」

「まあ好きですから」

そんなに溶けた顔してたのだろうか。恥ずかしい。

「ふーん？　よかったら一口欲しいな？　ダメ？」

「え⁉」

一口⁉

吹きかけた。

これは『缶』だ。水筒のように容器にいれて飲むものじゃない。

必然的に『一口』分けるとなると、間接キスするしかなくなる。

(わかってて言ってるのか⁉)

「い、いや……ダメじゃない、ですけど」

「あ、心配しなくても飲みすぎたりしないから」

いやそこじゃない。

けどこういうものって、そこそこ親しい仲なら異性とか関係ないものなのだろうか。友達同士なら回し飲みくらいするっていうし……。ここで変に意識してしまうほうが、かえって意味を持たせてしまうかもしれない。

「じゃ、じゃあどうぞ……」

「ありがとっ」

と律花は何気ない顔でカフェオレを受け取ろうとしたその時だった。

「おはよーですっ！　今日も来ましたよ～」

ガラガラッと勢いよく生徒会室の扉が開け放たれ、みうが入ってきた。

無意識に差し出したカフェオレを引っ込めてしまった。「んあ？」とみうがその様子に反応してしまう。

「どうしたんですかぁ？」

小首を傾《かし》げるみうに、律花は「ううん」と首を振る。

「なんでもないよ。あっそうだ。みうもジュースいる？　さっきまとめて買って来たんだ」

「わーいっ、ほしいですっ！」

ぴょこんと栗色《くりいろ》の髪を跳ねさせ、律花へと駆け寄る。みうに尻尾が生えていたら絶対に振っているだろう。

「んく……んく……ぷはぁ～。生き返るぅ～」

「あんまり急いで飲んでむせないようにね」

「は～い」

みうがジュースに夢中になっている内に、律花はゆっくりと自分の席へと戻っていった。

あれ？　カフェオレを飲まないのだろうか。カフェオレ飲みたいと言っていたが、みうが乱入してきたせいでその気がなくなったのか。

（いや、それとも……）

みうが来たから恥ずかしくて人前で飲めなくなった……？　それって間接キスを律花も意識しているってことでは？

（いやいや、何を考えてるんだ。単純にみうが来たからジュースを分けようと動いただけだろ！）

勝手に意識してしまっている自分が恥ずかしい。

一人机の前で頭を抱えていると、また生徒会室の扉が開いた。

「おはよう～。あら？　私が最後なのね～」

おっとりした声で生徒会室に入ってきたのは生徒会副会長の秋沢琴葉《あきさわことは》だった。

「琴葉先ぱ～いっ」たたっとみうが近寄る。「おはようでっす！」「おはよう、みうちゃみうが琴葉へと勢いよく抱き付いた。その豊満な胸にみうは顔を埋《うず》めている。

「もう甘えん坊さんね～、わんちゃんみたい」

「わんわん」

副会長——秋沢琴葉。

律花の幼馴染《おさななじ》みで三年生。ふんわりとカールしたロングヘアーをなびかせた、おっとりした先輩だ。プロポーションも完璧で、道を歩いていたら目を奪われるくらいのわがままボディだ。

知名度もすごい。学校内でも会長の右腕と呼ばれるくらい知れ渡っている。期末テストでも三位の実力を持ち、良家の生まれであるためか、茶道、弓道、乗馬術——ありとあらゆる道で賞状をもらった過去を持つらしい。

会長とは似た意味で欠点がない。ただ——。

「しっかりと首輪をつけて飼いたいわ～」

「わおんっ⁉」

何かを感じ取ったのか、みうは慌てたように琴葉から飛びのいた。

「うふふ……」

——きゃっ」

ただどこか怖い。この人なら本当に翌日、リードと首輪を持ってきそうだ。

「琴葉もジュース飲む？」

「一つもらおうかしら～」

「じゃあクイズ！　何買ってきたと思う？」

律花の唐突なクイズに琴葉は間髪入れずに答えた。

「もしかしてアップルジュース？」

「正解～よくわかったね」

本当によくわかったものだ。

「カフェオレ、オレンジで律花のは机にあるブドウでしょ？　学校の自販機にあるのはあと、コーヒーとアップルとお茶——いくつか種類あるけど、この中でジュースっていえばアップルだけじゃない？　被《かぶ》りがなければだけど」

「あったりー。どうぞ」

「ふふっ、ありがとう」

律花はバッグからアップルジュースを取り出して、琴葉へと手渡しに行った。

相変わらずの洞察力だ。俺だったらアップルジュースだなんて当てられない。テストの成績も学年の上位にいつも入るし、生徒、先生問わず、信頼も厚い。生徒会にいる人はみ

んなすごいと感じてしまう。俺なんてなんの取り柄もない。

「冬季《ふゆき》くん、どうしたのぉ～」

みうが俺を覗《のぞ》き込んでくる。「いや、なんでも……」と俺は視線を逸《そ》らした。その点で言うならみうも俺と似たようなものだ。よかった仲間がいた。

「そういえば、私のクラスで花火大会のこと話してたのぉ」

琴葉が自分の席に座ってから、ふと思い出したように俺たちに聞いてきた。

花火大会——そのワードを聞いて俺はぴくりと動いてしまう。

琴葉も行くのか。もしバッティングしたら、万が一にも一緒に行こうという話になる可能性もなくはない。花火大会に二人で行くという計画に支障が出るかもしれない。

（話すのか？）

一緒に行くことを知られたくないのか、どうか。律花次第だ。

「花火って綺麗《きれい》よね～。私はよく家の窓から見てるけどぉ。やっぱり河川敷《かせんじき》で見上げる花火が一番よねぇ～」

「わたしは屋台のフランクフルトと焼きそばが大好きです——あぁ、想像したら涎《よだれ》が……」

隣でじゅるるっと涎をすするみう。汚い。

「二人は行ったりするのぉ？」

律花は特に動揺を見せる様子もなく、

「あたしは用事あるから無理かな。楽しそうだけどね」

隠すつもりらしい。律花としても澤野《さわの》先輩を誘おうとしているのは知られたくないようだ。

「残念ね〜。有馬くんは〜」

「俺ですか？」

去年のボッチ花火大会が脳裏に浮かぶ。

「俺は……いいかな。行ったこともないし。楽しそうではありますけど」

俺も面《つら》の皮が厚かった。平然と口から出る嘘《うそ》。張り付いた笑顔。

「あらそう？　一回行ってみても楽しいわよぉ？」

「検討してみます」

友達と一緒ならありかな。まあいないんだが。

――それから少し雑談して、三十分後、今日の生徒会は終了。夏休み前の仕事はあらかた終わっていたので、残っている仕事は終業式くらいだ。

「お疲れ様ですぅ〜」「おつかれ〜」と先にみうと琴葉が生徒会室を後にした。

結局みうたちが来たせいで家に行くことを聞きそびれた。

どうなんだろう。

今の今まで、律花の家に行くなんて話題は出てない。さっき二人きりだった時も話さなかったし、まさか本当にデートプランに関しては自己解決しているのか？

ちらちらと俺が様子を窺《うかが》っていると。

「今日のこと大丈夫？」

「え？」

「あたしの家に来てくれるんでしょ？」

「え……」

流れたわけではなかった。律花は最初から来てもらうつもりだったのか？

「あっ、そうですよね。今まで全く話題に出なかったので、どうなったんだろうって……」

恥ずかしい。実は異性の家に行くことに舞い上がっていたなんて。ああ、視線が泳いでしまっている。

「ちゃんと部屋も掃除したし、あたしは準備ばっちりだよ」

えへへ、と俺に微笑《ほほえ》みかけてくれる律花。その顔は少しだけ、照れくさそうにしていた。

「あっ、先にゲタ箱行ってて。ここの鍵かけたら職員室に返してくるから」

「わ、わかりました」

と俺は先にバッグを持ってゲタ箱へ向かう。

動かしている足と手がカチコチに固まっているようだ。

ああ、ダメだ。

心臓の高鳴りが止まらない。

◇

午後三時。これから律花の家に向かう。

ゲタ箱で靴を履き替え、出入口付近で律花を待つ。

そういえば家に行くのに、徒歩なのだろうか、自転車なのだろうか。思えば生徒会で三か月も一緒にいるのにそんなことも知らない。

「意外となにも知らないんだな」

「おまたせ」

「うぉっ！」

ポンと、背中をワンタッチされた。振り向くと律花がいた。

「そんなに驚かなくてもいいじゃん。遅れちゃってごめんね」

「いえそんなに待ってないですよ」

待ち合わせをする恋人みたいな返しをしてしまった。つい目を逸らしてしまう。

「――それで、さっきなに独り言しゃべってたの？」

「耳がいいですね」

「はっきり聞こえたよ？　なにを知らないって？」

やたらとぐいぐいくる。顔が近い。

異性だという意識が俺の頭の中を支配している。つい顔を背けてしまう。話を変えるため、俺は話題を切り出した。

「り、律花会長は歩きですか？　自転車ですか？」

「あたしは歩き。ここから十分くらいだから」

学校から近いんだな。俺の家もそれほど遠いわけではないが、自転車で十分くらいはかかる距離にある。

「俺は自転車なんで、ちょっと待っててください。持ってきますんで」

と言って、行こうとすると、後ろから律花がついてきた。

俺は振り返って、

「あの、会長？」

「なに？」

「自転車とりに行くだけですよ？」

「駐輪場から直接校門行って出たほうが早いじゃん。わざわざゲタ箱前まで戻らなくても」

それはその通りだ。駐輪場は校門に近い位置にある。

特に反論できず、俺は律花と連れ立って歩く。今までこんなに意識したことはなかった。

隣に律花がいて俺を見ている。

駐輪場まで来て、俺の自転車のところへ行こうとすると、スッと律花は俺を追い抜いて、

「これでしょ？　有馬くんの自転車」

え？　超能力者？

今まで俺の自転車を彼女の前に持ってきたことはない。登校、下校どちらも一緒になったことはないのだから。

俺が驚いていると、「だって昨日、バイトに乗ってきてたし」と言われ、ああ、と納得してしまった。そういえばバイトが引けてから一緒に帰ったのだから、知ってはいたのだろう。

いや、それにしてもそれだけで自転車を引き当てるのは——。

「よく見てましたね」

俺の自転車は普遍的な自転車で駐輪場には、放課後とはいえ他の生徒の自転車もゆうに百台以上は駐《と》まっている。

「迷惑だった？」

「そんなことないですけど、普通はちらっと見ただけで覚えませんよ」

いくら親しくても友達の自転車を当てろと言われても無理だ。

「そう？　気になる男の子の自転車なら覚えるけどなぁ」

「え？　き、気に……っ」

動揺が隠せない。それってどういう意味で？

「そりゃあ同じ生徒会で大事な後輩だもん。気になるよ」

「あ、ああ……そういう」

焦《あせ》った。なんだ、ただの後輩として気になっているという意味か。

どちらにせよ俺のことを見ていてくれたのは嬉《うれ》しい。

「やっぱり会長はすごいですね」

だとしても記憶力がすごいのは否《いな》めないが。

思い返せばカフェオレの件もそうだ。俺ならそんな細かいところ覚えてない。

俺は自転車にキーを差し、「じゃあ案内してください」と自転車を手押しで校門に歩いていく。後ろから律花がたたっと駆け寄ってくる。

「ねえ、あたしの家気になったりする？」

「そ、そりゃあ学校の有名人の家ですし……」

「有名人じゃなかったら気にならない？」

俺の瞳を覗き込むように目を向けてきた。

「……そうじゃないですけど、やっぱり気になることは気になりますね」

「えへへ」

「会長はなんだか嬉しそうですね」

これからいたずらをする子供のような無邪気な笑みだ。なにか隠しているようにも見える。

「そう見えるのは、あたしは初めてだからかな？」

「なにがですか？」

「男の子を家にあげるの」

突然の爆撃に心臓の鼓動が一オクターブ上がる。

生徒会室を出てから時間が経《た》って、クールダウンしたと思ったのに、また意識してしまう。これから行くのは女の子の家なんだ、って。

平常心を装《よそお》い、俺は聞き返していた。

「噂《うわさ》になってますよ。会長の家は豪邸で、専属メイドがいるって」

「へへっ、どうでしょう」

読めない。だがまあ噂なんてちょっと話題性があれば勝手に広がっていくものだ。きっと誰かが誇張してそれが真実のように扱われているだけだろう。

「もう一つ初めてのことがあるよ」

「なんですか？」

「こうして男の子と二人きりで家に帰ること」

（会長は俺をどうしたいんだ！）

別に律花に他意はないと思うが、俺をわざとドキドキさせてからかっているのではないかと疑ってしまう。

「会長は全然緊張しないんですか？」

普通、恋愛感情の有無を問わず、異性と一緒に家に行くなんて、どうしても意識してしまうものだ。

もし律花が何も感じていないのであれば、俺のことを異性として全く意識していないことになる。それはそれで悲しいのだが。

「緊張？　どっちかっていうと楽しいかな？　誰かと下校するって久しぶりだし！」

えへへ、と律花は微笑んだ。

確かに律花はいつも生徒会の仕事で遅くまで残ることが多く、誰かと一緒に帰ることは少ない。今日ちょっとテンションが高く見えるのは楽しんでいるからか。

（俺が意識しすぎか）

恥ずかしい。異性だって理由で緊張しすぎだ。会長は善意で俺を家に上げてくれるのだ。俺を信頼してくれているからに相違ない。なのに、俺が勝手に舞い上がってしまって申し訳ない気持ちが込みあげてくる。

「あ、ここだよ。あたしの家」

「え？　ここが……」

豪邸——とまではいかなかったが、裕福な家には違いない。

モダンチックな白い壁。現代風の建築の二階建て住居。一般的な３ＬＤＫの俺の家と比べてゆうに三、四倍はあるだろう。

さらには庭も広い。花壇には名前も知らない花がいくつも咲いており、雑草も生えていない。加えて庭の中央には装飾が施されたイスとテーブルが置いてある。

「どうしたの？」

「誇張された噂でも、十分俺にとっては豪邸ですよ……」

「ありがと、ささっ上がって上がって」

「お邪魔します……」

石造りのタイルを踏みしめ、玄関へと赴く。

「今日、お父さんもお母さんもいないから、多少うるさくしても大丈夫」

俺が恋人だったら、フラグしか立たない状況だ。

いや十分立っている。

頭の中がぐるぐるして、借りてきたネコみたいになってる。萎縮しっぱなしだ。

「お、おじゃ、まします」

「大丈夫？」

「うぅ……」

バイトの時の律花みたいになってるかもしれない。舌が回らない。

「さあ有馬くん、入って入って」

言われるがまま、俺は靴を脱ぎ、家の中に入る。

さすがと言うべきか、家の中も広かった。

他の人の家は自分の家と違う匂いがするとよく言ったものだが、律花の家はまた一つ違った匂いがする。

毎日掃除しているのだろう。清潔感のある廊下と二階に続く階段——どれを見てもまるでモデルハウスのような綺麗《きれい》さが保たれている。

「俺の家と全然違いますね——やっぱり噂通りメイドさんが掃除とかしているんですか？」

「あはは、メイドさんなんて雇ってないよ。たまにハウスキーパーの人が掃除してくれてるだけだから」

（ハウスキーパーは雇ってるのか……）

そういう家もあると聞くが——むしろメイドとかと違ってそっちの方が現実味がある。

「あたしの部屋二階だから、こっちこっち」

先に階段を上ろうとする律花。

冷静に考えたらヤバい状況だ。

二人きりで家に親がおらず、しかもこれから女子の部屋……。

——いやいや、関係ないだろう。

付き合っている恋人というわけではないのだ。むしろ律花の相談相手として、この家に上がらせてもらったのだ。

意識する方が失礼だ。

——二階に上がり、広い廊下を抜け、律花の部屋に通される。

ヒンヤリとしたクーラーの冷気と、ふわりとした律花の匂いに全身が包まれた。

まず印象に残ったのは、広い部屋だということだった。

正面はテラスになっており、大きな窓からは日の光が差し込んでいる。

部屋の隅には白いふわっとしたセミダブルのベッド。かわいらしいカメのぬいぐるみが脇に置いてある。大きな勉強机に、参考書や教科書を入れた本棚。

さらにはリビングにあるような大型テレビと巨大スピーカーもソファと一緒に備え付けられている。スペースも余裕があるし、もうここがリビングでいいんじゃないかと思うくらい広い。

「ちゃんとクーラー入っててよかった。えへへ、ちゃんと予約してたんだよ」

「なんかわざわざすみません」

おかげで心地よい風に流れて、律花の匂いを全身で受けている。なんだか罪悪感。

などと一人で感じていると、しゅる……と衣擦《きぬず》れ音が聞こえた。振り向くと律花が胸のリボンを外して、ハンガーにかけた。それから「ふぅ」と暑そうにワイシャツの第一ボタンを外す。

「ん？　有馬くんどしたの？」

「いえ！　なんでも」

凝視しすぎか。すぐに視線を部屋に戻す。

「あんまり面白い部屋じゃないでしょ？」

そんなことない。俺の部屋の方が汚いし、ぐちゃぐちゃだ。面白いものなんてないし。

「俺の部屋と比べると月とスッポンですね」

「……ごめんね、カメで」

「そっちの意味じゃないですって！」

いやカメのぬいぐるみはあるが。厳密にいえばスッポンはカメの仲間ではない。律花もわかってはいるとは思うけれども。

「好きなんですか、カメ」

「丸々ってしてて可愛《かわい》くない？」

わからなくないような……でも、部屋に来ないとこういう趣味があるなんて知りえなかっただろう。

「ちょっと抱きしめてみる？」

「え？」

と律花はベッドからカメのぬいぐるみを両手で抱えて持ってきた。

「ほらっ！　ふかふかしていいでしょ」

受け取って言われるままぎゅっとする。ちょうど両手で抱きしめられる大きさだ。よくあるフェルト布ではなく、ナイロン製のすべすべした布だ。ちょっとひんやりしている。甘い匂いがする。

（これくらいの大きさなら、いつも寝る時に抱いて寝て――）

律花がこれを抱いて寝ているのをリアルに想像してしまった。それを今、俺は抱いている。

「気持ちいー？」

「き、気持ちいいです」

なんだろう。ナイロンのすべすべした感触と律花の匂いのせいだ。まるで直《じか》に律花を抱きしめているような錯覚に陥ってしまう。

（待て待て待て！　なに妄想してるんだ俺は！）

俺はずっと抱きしめていたい欲望に抗《あらが》い、ぬいぐるみをゆっくりと律花に返した。

「あ、ありがとうございます」

「へへ、キミもぬいぐるみ買ってみたくなったでしょ？　ぎゅっとすると幸せな気持ちになるよね」

すごく幸せでした。いろいろな意味で——とは言えず、俺は無言でこくりこくりと機械的に首を動かすことしかできなかった。

「あっ、ごめん。飲み物取ってくるね。テーブルで待ってて」

ぬいぐるみを置いて、律花は部屋から飛び出して行った。

俺は言われた通り、部屋の中央にある小さなテーブルの前にちょこんと座る。ちゃんと座布団《ざぶとん》が用意されていた。おそらく今日、俺が来ることを想定していたのだろう。

（なんか……普通に遊びにきた感じだな……）

今日の目的は澤野先輩を花火大会に誘う計画を練るためだったはずだ。こんなに歓迎されるとは思わなかった。

律花も女の子だし、やっぱり汚い部屋を見せたくはなかったのだろう。

そわそわしながら待っていると、お盆にお茶を載せた律花が部屋に戻ってきた。

「お待たせ。ほうじ茶だけどいいかな」

「あ、いえお構いなく」

俺の前に透明なグラスに入ったお茶が置かれる。せっかく出されたのに口を付けないのは悪い。

いただきます、と一言告げてから、グラスに口を付ける。

——喉にキンキンに冷えたお茶が流れ込んでくるのがわかる。一口飲んでからグラスをテーブルに置くと、からん……と氷が揺れた。

「はあ～おいしい」

「すごく味わって飲むね。意外とお茶好き？」

テーブルを挟んで俺の向かいに座りつつ、律花が訊《たず》ねてきた。

「そうじゃないですけど」

畏《かしこ》まってしまう。どうしても律花の部屋にいるという感覚がいつもの俺でいられなくなる。気恥ずかしくなって、無意識にきょろきょろと部屋を見回していた。

「なにかめずらしいのある？　あたしの部屋、結構無趣味だよ？」

「そんなこと——あ、映画のＤＶＤ？」

テレビの下にあるローテーブルのガラスケースに目がいった。ガラス扉の向こうにはいくつものＤＶＤが収められていた。タイトルはどれもＢ級アクションやハードボイルドっぽいジャンルのものばかり、いくつか知っているタイトルもあった。

「うん、お父さんが映画好きであたしも子供の頃から結構見てたんだ。好きなのある？」

「ヒーローものとか、ミステリー系は結構映画館で見たりしますね……」

「へえ～、有馬くんは映画館派なんだ。あたしはじっくり家で見たい派」

「それもいいですよね。好きなおかし食べながら――それにこんな部屋で見れたら幸せだろうな」

ちょっと羨ましい。俺の部屋は狭いし、テレビもそんなに大きくない。

「じゃあちょっと見てみる？」

「え？」

今から？

「ちょっと待ってね」

と座布団から立ち上がった律花はＤＶＤを漁《あさ》るべく、テレビの前に屈《かが》みこんで――。

「うっ」

低い位置にＤＶＤがあるから、自然と律花はお尻を突き出す形になっている。律花はガラス扉の中に頭を突っ込んで中を漁っているから、気づかないようだ。

つい俺の視線はそこに向いてしまう。スカートがめくれて中が見えそうだ。

（いやダメだろ！）

俺は自制の心で首を振る。

「こ、今度でいいですって！　それより話をしましょうよ。花火大会に澤野先輩を誘うんでしょう？　というか、相談に乗ってほしいって言ったの会長じゃないですか」

「あはは、そうだったね。映画好きだからつい……」

へへ、と後ろ頭を掻《か》く律花。

――それにしても不思議だ。

学校じゃ誰にでも優しく、気さくで、それでいてミスのない完璧な人間の律花。

こうして二人きりで話していると、いろいろな面が見えてくる。

意外と抜けていたり、カメのぬいぐるみが好きだったり、映画好きだったり――思えば学校ではそんなプライベートな話なんてしたことがなかった。

（案外、会長も普通の女の子なんだな）

そう思うと少しだけ口角が緩んだ。

「……ん？　どうしたの？」

正面に座る律花と目が合う。俺はつい視線を逸《そ》らしてしまう。

なんでだろう。

「あ、いや……今日は暑いですね」

律花を意識すると体が火照《ほて》ってくる。俺はワイシャツの襟を持ってぱたぱたと扇《あお》ぐ。

「暑い？　クーラー強くしよっか？」

「え、いえ、大丈夫ですよ。外歩いて暑くなっただけですから」

「その割に汗かいてないけど――もしかして熱中症の初期症状かも」と律花はテーブルから乗り出して「ちょっと見せてみて」俺の額に手を当ててくる。

「っ!?」

前のめりになる律花――視線を下へと向けると制服のワイシャツの胸元から大きな二つの膨らみ――谷間が見えてしまっている。

「うーん？　熱くはないみたい。あたしの方がちょっと熱いかな――ん、あれ……ちょっと、おでこ熱くなってきたかも」

仕方ないだろう！　俺だって男だ。体の中の血流がはっきりと感じとれる。

「ほ、本題！　本題に入りましょう！　さあ！」

なんだ。なんなんだ。

こんな距離感だったか!?

元々結構フレンドリーだったけど、今日はあまりにも無防備すぎる！

「あ……ごめん。変にテンション上がっちゃって……」

「え？」

「なんだかつい楽しくなっちゃって……花火デートの計画だよね」

もしかするとこうして後輩を家に呼んだことに舞い上がっている？

家に来る途中でも、男の子と一緒に帰るのは初めてと言っていた。そしてなぜかいつもよりテンションが高く感じる。

いつもと違う距離感でドキドキしていたのは俺だけだったようだ。

（にしても、会長の距離感は近すぎるけど……）

元々、律花はそういう性格だから仕方ないが。

俺はふぅと息を吐《つ》き、

「まずはデートに誘う方法ですね。言うまでもなく一緒にいる時、状況的にはバイトの最中か、閉店作業の時ですかね」

一番の問題点はそこだ。

「そう、ね——具体的にはどういう状況がいいかな？」

「一番タイミングがいいのは閉店作業後ですね。一階のフロア照明を落として、二階事務室でレジ金集計するタイミングなら話せると思います」

うちのスーパーは夜九時に閉店する。入口自動ドアと窓のシャッターを下ろし、青果のレタスやダイコン、ホウレンソウなどの鮮度を保つため、バックヤードの水槽につけておいたり、冷蔵庫に入れたりする。その後は一階のフロア照明を落とし、レジ金を持って二階で自ら集計する。

店長などは八時過ぎにはみんな帰っているので、残っているのはレジ係の数名だけだ。

「あたしが誘うんだよね」

「俺が誘うんですか?」

こういうのは本人から言った方がいいと思う。

「……ダメ?」

「ネコなで声を出してもダメです」

緊張することがネックなのか「誘う……誘う……」と呪詛《じゅそ》のようにしかめっ面《つら》で呟《つぶや》いていた。

緊張したところを澤野先輩に見られたくないからといって逃げていては、いつまでたっても進歩しない。

「それだけだと話の流れが難しいので、俺が花火大会に誘う流れを作ります」

「流れ……?」

正直、話の流れを作るなんて仕事は得意じゃない。けど、律花のためだ、臆していられれない。

「遊びに行きたいですね、みたいなことを言うので、そこから話を広げましょう。後は俺が席を立った隙に誘ってください。ちなみに俺がいる時に誘っちゃダメですよ」

俺がいると、じゃあ有馬もどう？　みたいな流れになりかねない。俺がいない間に、律花が『二人で』という風に言えば、その後俺が戻ってきても誘われることなく二人で行けるだろう。

「花火大会だよね……屋台とかでおいしいものとか買って、花火を見るんだよね」

「そんな感じですね、ざっくりですけど」

「あたし行ったことないからわかんないけど、どういう雰囲気になるんだろ。楽しくお喋《しゃべ》りとかできるかな……」

俺も彼女と行った経験はないから、具体的にどんな雰囲気になるかわからないが、屋台を二人で回るだけでも楽しくお喋りはできるだろう。

「祭りとか行ったことないんですか？」

最初に祭りを提案したのは律花だ。てっきり何度も行っているものだと思ったが。

「うん。全然。花火を見るっていうけど、河川敷《かせんじき》の花火ならうちからでも見れるし、行ったことないからどうなんだろう」

それは確かにそうだ。

ここからなら、河川敷の花火なんて家の窓から見られる。近くで見るのと何が違うのか、なんて実際行ってみないとわからないだろう。

「会場の雰囲気とかあるじゃないですか。二人で見上げる花火は一人で見るよりもロマンティックですよ」

「そうなのかな……？　有馬くんは誰かと行ったことあるの？」

ぐっ。

「……うん、ないですね……ははっ」

「あっ」と律花は察したらしく「ちがくて、その——あわわ……」と必死にフォローの言葉を考えていた。

まあ確かに花火大会でデートすればロマンティックだ、っていうのは俺の妄想の産物でしかない。もし好きな相手ができて、その人と二人っきりで花火を見上げられたら心臓がバクバクするだろうな——って頭の中で言ってて悲しくなってきた。

（好きな相手か……）

こうして相談に乗っていると、否応《いやおう》なしに考えてしまう。そんな相手、今までいなかった。近くにいる異性といえば、みうだが、子供の頃からいつも一緒でロマンティックとは程遠い存在だし、他に異性とそういう風になったことはない。

クラスメイトの女子とは親しい会話なんて一切しない。生徒会なら副会長の琴葉とか、会長である律花とか——。

不意に律花と視線が絡《から》み合う。

「どうしたの？」

（会長のデートの相談に乗ってるのに、何考えてんだ俺）

テンションが迷子だ。ここが律花の部屋だからか？　部屋に入ってからずっと律花のことばかり想《おも》ってしまう。生徒会室ではこんなことにはならないのに。

一旦冷静にならなければ……。俺は両手で自分の頬をぺちぺちと叩《たた》く。目の前で律花が「？」という表情をしているが、気にしないでおく。

「と、とにかく素《す》で楽しめればいつもの会長を見せられると思います。加えてお互いドキドキできればデートとしては成功だと思いますよ」

「それだけ……？　なんだか想像しがたいなぁ」

「ドキドキしないですか？」

「するのかなぁ？　って感じ」

納得していないようだ。楽しいかどうかわからなければ、想像しがたいだろう。デートを成功させるということは、二人が自然に会話することを意味する。それは普段の律花を見せることに近い。

（他になにか……あっ）

ドキドキイベント的な案が一つ浮かんだ。

「そうですね。じゃあまず屋台で澤野先輩と一緒にたこ焼きを一パック買ってください」

「なんでたこ焼き？」

「ベタですけどドキドキするイベントですよ。おすそ分けするんです」

「一つ？　二人分買うんじゃなくて？」

「一パックっていうのが肝なんです。考えてもみてください。おそらく爪楊枝《つまようじ》は一つです。その爪楊枝を使って自分が食べた後、『澤野先輩もどうですか？』ってパックを差し出すんです」

言われてわかったのか、「なるほど」と律花はポンと手を叩く。

「ちなみにさりげなくするのがポイントです。あとは土手に座って、花火を見上げれば自然といい雰囲気になれるはずです」

律花の目的はいつもの律花を澤野先輩に見せること。この作戦なら普段のフレンドリーな律花を見せることにもなる。それによってドキドキさせることができればデートとしては大成功だろう。

律花はうーんと悩んだように俯《うつむ》き、

「澤野先輩、たこ焼き食べるかな……」

「最悪そこはなんでもいいです。綿あめでもリンゴ飴《あめ》でも、一口食べておすそ分けできるなら。ベストはたこ焼きみたいな一口サイズの食べ物ですが」

何の屋台があるのか、実際に行ってみないとわからない。たこ焼きだってない可能性もある。

するとと律花がぱあっと顔を上げ、

「リンゴ飴！　あたし食べたことないんだぁ。当日あるかな……」

食べる時のことを思い浮かべたのか、だらしない顔をしていた。

「だいたいあると思いますよ。定番ですし」

「一度は食べてみたい。屋台っていうのもだいたいイメージはテレビで見てるから知ってるけど、実物は見たことないんだよね～」

（本当に行ったことないのか）

一度も祭りに行ったことがない高校生というのはめずらしい。家族で行ったりしたこともないのだろうか。

律花の幼少期はどういう感じの子供だったのだろう。親に連れられてどこかに行ったり、そういうことは少なそうに思える。

「行ったことないからどんな格好していけば――あっ、そうだ、服装のことを忘れてた」

「服装ですか？　それこそ会長の得意分野じゃないですか」

現役モデルなのだから、ファッションセンスは抜群のはずだ。

「モデルって女の子から見てカワイイって思う服ばかりで、実際異性からの意見ってわからないんだ。仕事で気に入った服とかいっぱい買ってあるから、有馬くんの意見ほしいな」

「ちなみに何着くらいあるんですか？」
五、六十――いや八十着くらいは平気で持ってそうだ。
「二百五十くらい」

ケタ違ったわ。

え？　そんなに？

「全部……見るんですか？」

「大変かな？」

「むしろ簡単だと？」

日が暮れるぞ。そんなに見てたら。

「うーん、男の子ってどういうのがいいんだろう……」

しかしこのままでは律花は納得しないだろう。どうすれば——。

と考えて、思い当たった。夏。祭り。デート。といえばこの服があった。

「浴衣《ゆかた》、とかどうですか？」

去年、俺が一人で行った時、周りのカップルで浴衣姿の女性を見かけたことがある。まず間違いなく、律花なら似合うし、澤野先輩も初見では絶対ドキッとする。

「浴衣……いいかもそれ！　あたし持ってるよ！　いつ着ようかと思ってずっと押し入れに入ってるけどね」

納得してもらってよかった。

でもちょっと気になる。律花ならどんな浴衣を着るだろうか。やっぱり明るい花柄の浴衣なのか、それとも落ち着いた無地の浴衣か——いろいろと勝手に妄想して、ハッとなり首を振る。

「け、けど本当にいいんですか？　俺の意見だけで決めても」

「えへへ、いいのいいの」

ファッションなんて言葉は母親の胎内に置いてきた俺の軽率な意見でいいのか。本人が満足ならいいか。

「花火大会の服も決まったし、デート内容もおっけーだね」

「短い時間でしたけど、参考になったならよかったです」

——だいたいこんなところだろうか。

デートに誘う件だが、三人でいる時に実行しなければいけない。花火大会までにその条件を満たす状況がどれくらいあるか、一度シフトを確認しなければならないか。

「……ありがとうね」

「どうしたんですか」

突然律花がしおらしくなった。お茶の入ったグラスの縁を指でなぞっている。

「なんだかあたしばっかり助けてもらって、申し訳ないって思って……」

「礼なんて、いいですよ。役に立てただけで本望ですから」

憧れの会長に頼られた——それだけで俺は嬉《うれ》しい。

「有馬くんは……一緒に行きたい人はいるの？」

イノセントな瞳が俺を見つめる。

「なんですかいきなり」

「あたしばっかり話してて、有馬くんのこと全然知らないし、もし何かあったらあたしも相談に乗るから」

（俺は……）

「相談って言っても……一緒に行きたい人なんていないですよ」

「そうなの？」

一緒にと言われて、真っ先に浮かんだのは律花だ。でもそれは憧れの人と一緒にという意味で『デート』という意味合いはない。

憧れはある。けどそれが恋愛感情なのかといえば、違う。

やっぱり俺と律花は住んでいる世界が違う。

「そうですよ」

有名人、芸能人に憧れることはあっても恋心とは違う。特定の芸能人に憧れる人が全員彼氏彼女を作らないなんてありえない。やっぱり憧れと恋心は違う。憧れが恋心に変わることもあれば、変わらないこともある――ただそれだけだ。

「俺のことより、会長のことを話しましょう。他に何か俺にできることありますか？」

律花は腕を組んで、唸《うな》っていた。

「一つ……というよりずっと悩んでたことあるんだけど……」

なんだろう。ここまでデートプランを練ってる内にも悩んでいたのだろうか。

「なんでも聞きますよ」

「あたし……」

うん、と意を決したように律花は口を開く。

「緊張せずに澤野先輩を花火大会に誘えるかな⁉」

「それは……」

「それにテンパらずに花火大会を楽しめる自信もないよ」

その問題は確かに最初から思っていた。

あのバイトの律花を見ていたら、上がっちゃってうまくデートに誘えるとは思えなかった。遠目で見ているだけでも仕事中ミスばかりしていたし。

「と言われても……緊張するしないは心の問題ですし……」

俺が手助けできる問題でもないと思う。

「有馬くんはそんなことない？　誰かがいて、緊張してポカやらかしたりとか」

「そもそも好きな人っていうか、そういう相手いませんからね」

でも実際どうだろう。

めちゃくちゃ緊張して、律花みたいに上がっちゃうことはあるのだろうか。いや律花の場合は憧れからくる緊張だろうけれども。

「そっか……どうしよ」

誘う問題がクリアしてもデート中に緊張してうまく喋《しゃべ》れなかったら、それはそれで問題だ。やはり緊張する問題はどうしても解決しなければならないだろう。

「緊張って初めてだからすることが多いですよね。誘うのもそうですし、初めてのデートっていうのもそうですし。そういう場合は予習したりとかあらかじめ——」

ふと気づく。

初めてのデートは緊張するだろうというのは想像に難《かた》くない。少しでも成功させるために予習をしっかりするし、何度も髪型をチェックするだろう。頭の中で何度もシミュレートもするかもしれないし、下見もするかもしれない。

「そうですね……デートコースの予習は最低でもしますし——予習か」

俺が呟《つぶや》いたセリフで自分自身が納得してしまった。予習をすれば多少緊張が和らぐんじゃないか？

そう思ったのは俺だけじゃなかったようだ。

「そうだよ、予習！　デートの予習とかどうかな。明日《あした》、あたしとキミとで街中をぐるっと回ってみるの」

「えっ！　俺と？」

それは予習とかではなく、本当に男女で行うデートになるのでは？

「うん！　あたしは花火大会の予習ができるし、有馬くんは今後のため……どうかな？ってやっぱり迷惑だよね、結局あたしのわがままだし」

言って後悔したのか、しゅんとした態度で「ごめん、今のは忘れて」と律花は謝る。

「いえ、いいですよ、俺は」

「え？」

「実際デートを想像して緊張するのはわかりますし、当日、緊張して爆死する会長が心配で眠れなくなりそうですし」

「爆死って……まあそうなるかもだけど――本当にいいの？」

「大丈夫ですよ。むしろ俺なんかでいいんですか？」

「全然大丈夫だよ。むしろ有馬くんしか頼める相手いないよ、へへ」

――俺しか頼める相手がいない。

そう言われてドキッとしてしまった。

律花に頼られている。それだけで嬉しいのに、それ以上に――。

あれ。

なんでだろう。

胸がどきどきと早鐘を打っている。

(何想ってんだ、俺は……)

律花に対してどきどきするなんて思い上がりも甚だしい。きっとこうして頼られたことがないから、緊張しただけだ。

固まっていた俺に、律花が歩み寄ってくる。

「どうしたの？」

ドクン。

でも——心臓が脈を打った。

イノセントな瞳、リップを塗ってあるのか、つやのある唇。ぷっくりとした頰。今その律花が俺を見ている。

「い、いえ……えっと……と、とにかくわかりました。俺は大丈夫ですよ」

その瞳に吸い込まれてしまいそうになる。

学校での会長としての律花。

どこか抜けている一人の女の子としての律花。

(やっぱり俺……)

無意識に視線を逸《そ》らしてしまう。俺が俯《うつむ》いていると——。

「有馬くん？」

とゆっくり律花が顔を近づけてくる。俺は耐え切れなくなって、

「お、俺、もう帰りますね！　詳しいことはまた明日っ」

顔を背けて、俺は無意識に部屋を飛び出していた。

なんでだろう。

今までこんなに律花を意識したことはなかった。

きっとあれだ。

やっぱり初めての女の子の部屋に来て、変な気分になっちゃったのだろう。

きっとそうだ。

◇

翌日、デート当日。

俺は集合場所である駅前に向かって歩いていた。券売機と改札口が二つずつしかない小さな駅だ。そのため近くに駐輪場もなく、少し離れたところに自転車を駐《と》めてから現地に向かっている。

駅は直接、商店街に繋《つな》がっている。放課後の商店街は、下校中の高校生たちが多く行き

交いしていた。

その商店街を突っ切って駅に向かっているが——夕方前だというのに、人が多い。カラオケや雑貨屋などの前には自転車が所せましと駐輪されている。それもあっていつもながら少々歩きづらい。

俺はスマホの時計に目をやった。三時二十五分——集合時間五分前。少々小腹が空《す》く時間帯だ。

そして今更ながら自分の服装に後悔していた。

俺の格好はポロシャツにジーパンという何とも言えない姿だ。もう少し気合を入れた格好をすればよかった。笑われたりしないだろうか。

今から着替えに戻るわけにもいかない。

——しかし、デートか。

いや、わかっているつもりだ。

女の子とデートをする——それだけ聞くと胸躍る青春の一ページだが、実際は予習のためのデート。

俺は将来彼女ができた時のため、そして律花はデートの予習だ。本番の緊張を解くための予習なのだが——すでに緊張しっぱなしだ。

緊張が最高潮の中、駅の券売機が見えてきた。約束では券売機前に集合のはずだ。

（会長は……いた）

改札口前に律花はいた。夏らしさを思わせる無地のTシャツにレディースのパンツ。律花のモデル然としたプロポーションにばっちり決まるファッションだ。

（あれ？）

なぜか律花はしゃがみ込んで、小学生くらいの男の子と喋っていた。近くには男の子の母親らしき人もいた。

「お姉ちゃんありがとう！」

「うん！　気を付けてね」

「ばいばーい」

ぶんぶんと手を振る男の子。母親の方は何度か頭を軽く下げながら、男の子を連れて商店街へと歩いて行き、俺とすれ違う。

（なんだろ……）

ひらひらと手を振る律花に俺がゆっくり近づいて行くと、向こうから気づいてくれた。

「あっ、有馬くん」

「すみません、待ちましたか？」

「ううん、大丈夫だよ」

「さっきの子は？」

知り合い——というわけではないと思うが。

「迷子だって。近くで泣いてたから、話し相手になってたの。そしたらすぐにお母さんが来て」

それでさっきの場面というわけか。

泣いている子供をあやしてあげるなんて律花らしいと思う。学校でも好かれる律花は子供にも好かれるらしい。

「会長らしいです。俺だったら誰かに任せちゃいますよ。子供なんてどう接したらいいかわかりませんし」

目の前で泣かれたら絶対困ると思う。近くの店に頼んでしばらく引き取ってもらうとか、それ以上干渉したりしないだろう。

「あたしはやっぱり困ってる子がいたらつい話しかけちゃうな。だって——そっちの方が解決した時に気持ちいいじゃない？」

と言って満足そうな笑みを浮かべる。

俺には真似《まね》できない。けど会長のそういうところは尊敬する。

「どうやってあやしてたんですか？」

「いないいないばあ、ってしてた。泣き止《や》んでくれて助かったよ～」

と言いつつ律花は軽く実践する。それを見て俺はくすりと笑ってしまう。

「会長はやっぱり会長ですね」

俺のことではないのに、それが自分のことのように嬉《うれ》しかった。

「ニヤニヤしてる」

「してないですよ」

「そんなにいないいないばあ、変だったかな」

また両手を顔の前に持っていって、軽く実践していた。その姿はちょっと可愛《かわい》い。

「変じゃないですけど——会長、とりあえず行きます？」

今日の目的はデートの予習だ。ここで喋っていても仕方ない。

「うん、それじゃ行こっか。そういえば行先《いきさき》あんまり決めてなかったね」

どうしよっか、えへへ、と律花は笑っていた。

「会長、緊張してませんね」

こっちは多少なりとも緊張しているのに、律花は余裕そうだ。

「むしろ楽しみかな？　こんなこと初めてだし」

俺と一緒に遊ぶことを楽しんでもらえるのは、予習云々《うんぬん》を抜きにして嬉しい。けど本題を考えると、よくないかもしれない。

と思案していると、律花が続けて言った。

「緊張しないのは相手が有馬くんだからかな？　生徒会で一緒にいることが多いからいざデートって時でも慣れちゃってるのかも」

「それじゃ予習にならなくないですか？」

このままじゃ律花が本番のデートの時に生かせるものが何もなくなってしまう。それじゃ意味がない。

「うーん……じゃあ――手でも繋ぐ？」

「え！」

確かに恋人といえば手を繋ぐイメージだ。街中でも手を繋いで歩くカップルを見かけることがある。

返事を待たず、律花から俺の手にするするっと手を滑り込ませてきた。

ほんのりと温かくて柔らかい手の感触がする。

「そういえば手を繋ぐのも初めてかも」

「副会長と繋いだことないんですか？」

琴葉と律花は幼馴染《おさななじ》みだし、それくらいあると思ったが。

律花は「ううん、そうじゃなくて」と首を振り、

「男の子と繋ぐの」

「っ！」

喉の奥が詰まってうまく発声できない。これは予習、これは予習――頭の中で反芻《はんすう》しなければいけないくらい俺は顔が真っ赤になってしまっていることだろう。

「じゃあ行こ？」

俺たちは歩き出した。まずは混んでいる商店街を抜けなければいけない。

通り過ぎる人の視線が気になる。まるで奇異の視線を向けられているかのような錯覚に陥る。いけないことをしている気になってしまう。

「もしかしてめちゃくちゃ緊張してる？」

俺の瞳をじっと覗《のぞ》き込んでくる。

「そりゃしますよ……あの律花会長と二人でこうしてるなんて」

手を繋ぐのもそうだが、俺は単純に慣れていない。異性と一緒にこうして街を歩くことに。

律花はどう思っているのだろうか？　見た限りいつも通りだ。こうして手を繋ぐのも友

達感覚なのだろう。

意識しすぎているのはどうやら俺だけのようだ。

「それで予習ってことだけど、なにしよっか？」

律花がそんなことを口にした。

「花火大会を見据えての予習ですし、河川敷《かせんじき》に行くのでいいんじゃないですか？」

「でも時間あるし、せっかくだからいろいろ行ってみない？」

それもそうだ。今から河川敷に直行するだけだとデートとして成立しない。時間もあるし、商店街を回ってみるのもいいかもしれない。

「そうですね……会長はどこか行きたいところありますか？」

喫茶店とか映画館とかデートでよく行くところはあるが、こういうのは定番ではなく、自分たちの気持ちを優先しよう。行きたいところに行くのが大事だ。

すぐに律花は「あるよっ」と言って、

「デートとちょっと違うかもしれないけど、実はあるんだ」

「へぇ、どこなんです？」

「えーとね……ヒミツ！」

「えっ」

「その方がデートっぽくない？」

言われてみればそんな気はするが――どこだ？　純粋に気になる。

「こっちこっち」

「あう、ちょ、ちょっと」

ぐいぐいと強引に俺の手を引いて、駆けて行く。

◇

「ほらここ、入ろ」

商店街の一角にあるそこそこ大きな店舗。店前には夏用のポロシャツとジーンズを着たマネキン二体が飾られている。男性用、女性用どちらも取り扱っているみたいだ。

「服ですか？」

意外と普通のところだ。デートコースとしてはどうだろうか。ウィンドウショッピングに来るならありかもしれない。

「どんな服買うんですか？」

「いいからいいから」

と言って俺の手を引いてずんずんと奥に進んでいく。店先に出ているような涼しそうな夏服や帽子などには全く目もくれない。

「あっ、これこれ」

と言ってやってきたところは水着コーナーだった。

「えっ！　水着？」

ビキニやワンピースなどの女性もの水着の種類は豊富にあった。別に着用しているわけでもないのに、なんだか目のやり場に困ってそわそわしてしまう。

「今年、水着の写真撮ったんだけど、うーんって感じだったから実際にお店で見て決めたいなって」

「なるほど」

女性水着の種類は意外に多いものなのだと、思わされる。普段着じゃなくてもこういうものは実際に見て決めたいと思うものなのだろうか。

などと考えていると、律花はいくつか水着を手に取り、

「このあたりがいいって思ってるんだけど、どうかな？」

「俺が決めるんですか？」

そんなこと言われるなんて思わなかった。洋服を選ぶより難易度高いのでは？

相手はモデルだ。素人《しろうと》の俺の意見なんて塵芥《ちりあくた》に等しい。

「うん、男の子の意見ってすごく新鮮だし、こんな時じゃないと聞けないでしょ？」

言われてみればそうかもしれない。

持ってきた三着は、明るい色の三角ビキニと体のラインを際立《きわだ》たせるタンキニ、フリルのついたワンピースの三着だ。どれも趣向が違っている。

そもそも女子の水着を間近から見る機会がない俺にとってはどれもカワイイという感想しか出てこない。いやだってそれを着ている律花を想像してしまうと……いけない気持ちになるし。

「どれどれ？」と律花が急《せ》かしてくる。俺はその中から一つを選んだ。

「これ……どうですか？」

恥ずかしい。なんだこれは。

「なるほどなるほど……んじゃあ着てくるねっ」

「えっ！　試着するんですか⁉」

いやしかし、学校では絶対見られない律花の姿を俺だけが見られるのだと思うと、劣情が加速する。もしかして極楽浄土か？

洋服を着てくるのとわけが違う。律花の水着姿なんて、我が学校の男子生徒ならみんなが見たがる姿だ。いや女子からも騒がれるレベルだ。

「試着しないとわからないでしょ？　じゃあここで待っててね」

　ここで!?

　試着室の目の前。律花は試着室に入ると、シャッとカーテンを閉めた。

　うぅ、周りの視線が気になる。

　少ないとはいえ、周囲には女性客がちらほらといる。そもそも女性用の服のコーナーにいるのだから当然といえば当然だ。その中に男である俺が試着室前で待機――あれ、やっぱこれ衆合地獄《しゅごう》だ。

　さらに試着室のなかから、しゅるしゅる……と衣擦《きぬず》れ音が聞こえてくる。続いて、ぱさ……ぱさ……と服が床に落ちる音。

　まだか。ここに立っているだけでもう十五分は過ぎたんじゃないかと思うくらい時間が長く感じる。

　その時だった。シャッとカーテンが開かれ、律花が現れた。

「どう？」

「おお……」

　思わず声を失ってしまうほど、美しい姿がそこにあった。

　俺が選んだのは体のラインがしっかりと際立つタンキニ。ぴっちりとしたタンクトップに際どいボトム。決して貧乳ではないが巨乳でもない律花のバストラインにタンキニは思った通りしっかり似合っている。

「似合ってるかな？」

「それはもう……」

目が離せない。釘付け《くぎづ》けという言葉はまさに今の俺に合う言葉だろう。

「じゃあ次ね」

「次⁉」

確かにあと二着、律花が選んだ水着があるが……。

「着て選んだ方が後悔しなくて済むじゃん。ちょっと待っててね」

返事も待たずにシャッとカーテンを閉める律花。「ん……ん……」と中から律花の艶《つや》やかな声が聞こえてくる。待つことがこんなに大変だとは思わなかった。

少しして、カーテンが開く。

「これはどう？　似合ってる？」

次に着てきたのは明るい黄色の三角ビキニ。タンキニと違い、胸のラインが際立ち、少しだけ谷間が見えている。制服の上からはわからなかったが、律花はけっしてスレンダーなだけじゃない。出るところはきっちり出ている。

「い、いいですね……」

地獄か、天国か。

頭が沸騰しすぎて逃げ出したくなる。律花の姿を直視できないが、あからさまに視線を逸《そ》らしても怒られる。

「うーん、じゃあ次ね」

「最後までやるんですか⁉」

また返事も待たずカーテンの向こう側へと消えてしまう。「ん……？　ちょっと胸まわりきついかな」と衣擦れ音と共に聞こえる声を掻《か》き消すため、俺は脳内で円周率を唱えていた。

しばらくして──。

「じゃーん。フリルワンピ着たの初めてだけど、どう？」

今回はセパレートではなくお腹《なか》までしっかり隠すワンピーススタイプ。スタイルのいい律花が着ているからか、先ほどの二つのビキニと違って体のラインが逆に際立つ。胸ではなくぴっちりとしたお腹あたりを見つめてしまう。

「い、いいっすね」

感想だけは言わないと、変に思われる。

「じゃあ三つの中でどれが一番だった？　よかったらそれに決めようかな」

「え⁉　まさかそれで買うの決めちゃうんですか？」

「うん。あたしじゃどれに決めても後悔しちゃいそうだし」

俺への重圧が重くないか？　しかしここで適当なことは言えない。

可能性として澤野先輩がこれを見るかもしれない。

今度の花火大会デートがうまくいったら、今度は澤野先輩から誘って海に行くという展開が予想できる。

その時、あまりにも似合わなかったら――いやこれは俺にとって可愛《かわい》いと思うだけで、澤野先輩にとっては……いやそもそも澤野先輩も見るのか、これを――。

いろんな雑念が俺の頭の中を飛び回る。この姿を独占したいという邪念も生まれつつある。

それら全てを振り払うように俺は頭を振る。

「じゃ、じゃあ最初に着たタンキニタイプで……」

胸のラインを隠せるこれが一番だ。律花が誰に見せようがそれは律花の自由。問題は子供っぽい水着だと思われないことだ。変じゃなければそれでいい。

「えへへ、じゃあそれに決めちゃおっ」

一瞬も逡巡《しゅんじゅん》することなく律花は決定してしまう。

「本当にいいんですか？　会長だって他に着たい水着あったんじゃ……」

俺に合わせて気を遣ってくれているんじゃないかって思ってしまう。

律花は人差し指を顎に当てて、考えるようなポーズをした。

「うーん……ちょっと伝わるかわかんないけど、あたしって仕事柄いろんな服着るんだけど、そのせいかな？　なんでもイイ服って思っちゃって結局決められないんだよね」

目移りするということだろうか。それならわかる気がするが。

「あたしが決めた服も二、三日したらなんか違うって思っちゃって、着なくなっちゃうし――けど他の人から勧められた服とかは気に入ってずっと着ちゃうんだよね」

「そういうものなのか……」

「うん！　だから気にしなくてもいいよ。最終的にあたしがいいって思ったんだし、あたしも選んでくれたもの好きだよ」

「そう、なんですね」

俺は視線を逸らして頬を掻く。なんだか面と向かって好きと言われたみたいに思ってしまう。

「だからこの水着も――あっ」

「え、どうし――えっ」

突然、律花に俺の腕を摑《つか》まれた――と思ったらそのまま試着室に引き込まれた。ドンっと背中が姿見鏡にぶつかる。

律花は慌てた様子でカーテンを閉めた。

なんだ？　どういうことだ？　なんで俺は水着姿の律花に壁ドン（いや鏡ドンか？）されているんだ？

「あ、あの……会長？」

突然のサプライズ。俺の目と鼻の先にはワンピース水着越しのふんわりとした胸がある。そこから視線が離せない。

「しっ、静かに――みうが来ちゃった」

「え？」

俺は耳を澄ますと、外から「うーん、どれ買いましょう～」とみうの声が聞こえてきた。と同時に、「あらあら、みうちゃんはどんな服が好みなのかしら～？」副会長――秋沢琴葉の声もした。

「副会長もいますね……」

「うん……ちょっとどうしよう」

めずらしく焦《あせ》っているようだ。というか——。

「隠れる意味あったんですか……その……」

俺としては律花と一緒にいることがバレるより、この狭い更衣室で二人きりという方が心臓に悪い。

「あたしだけカーテンに隠れたら誤解されちゃうよ？」

「誤解？」

一人で買い物に来た、と言えばいいのでは？

「だってここ……女性用の水着売り場だよ」

「っ」

そうだ。そんなところの——しかも閉まったカーテンの前でうろうろしている俺——ヤバすぎるだろう！　変態か。

「す、すみません」

「しっ、近づいてきてる」

とっさに機転を利《き》かせてもらって助かった。逆の立場だったらこんなに頭の回転をさせられなかっただろう。しかし——。

密着しそうな距離に水着を着た律花がいる。

つい反応してしまい、視線を下げてしまう。

「っ！」

そこには先ほど律花が着ていた服と下着が――前を向くと律花の胸元が。

（ど、どうすればいいんだ……）

「あ～、試着室使われちゃってますね～」

「どうする？　みうちゃん、着ないでそれに決めちゃう？」

（マズい！）

薄いカーテンを隔てた先にみうと琴葉がいる。離れてくれるのを待つしかない。

「か、会長、どうします？」

「ど、どうって……」

外に聞こえないようにお互いこっそりと声を出す。

こうなるなら最初からバレた方がマシだったかもしれない。みうたちに誤解されたら、今後の生徒会の中で確執が生まれてしまう。

もしここでみうが待つとか言い出したら――。

「じゃあ待ってみますね。ちゃんと着て決めないと似合わなかったらもったいないし」

ど、どうしよう……。

「ええ、みうちゃんがそれでいいなら——あら？」

「どうしたんですかぁ？」

「ううん、なんでも——そうだみうちゃん、服を体に当てて写真撮ったらどう？　それを律花に見てもらって判断してもらうの。あの子だったら似合うかどうかアドバイスしてくれるんじゃない？」

「いいですねっ！　じゃあちょっと撮ってください」

「はぁい」

律花のスマホは今ここにある。おそらく服のポケットの中だ。

「やばいっ」

と律花は急いででしゃがみ込む。着信音が鳴ったらバレるからか、スマホを捜すため床に散らばった服のポケットをまさぐっていた。

「あれ……どこしまったっけ？」

焦りのあまり、つい俺は視線を下に向ける。

「っ！」

上から見下ろす視線の先に律花の胸の谷間があった。ワンピース水着だから正面からでは谷間は見えないが、上からだとばっちり映る。

「あ、ごめん。有馬くん……あたしのズボン踏んでる」

「す、すみま――うっ！」

足を上げると同時に、律花が俺の足元に手を伸ばす。丁度俺の足にもたれかかるようなポーズになったからか、足の先が胸に当たって柔らかい感触がつま先から伝わってくる。

（は、はやく……）

片足立ちで足がぷるぷるしてきた。あんまり動くと律花へのセクハラ行為になりかねないこの状況。先ほどカーテンの前で待機していた時以上に天国と地獄を味わっていた。

「あった」

ズボンからスマホを引き抜いた律花はすっと立ち上がる。俺もその隙《すき》に足を下ろす。

（助かった……）

とりあえず一難は去った。急いで律花はスマホを操作し、通知音を切った。

「き、気づいたかな……外」

ちらちらと律花は外を窺《うかが》う。

「……うーん、返信来ないです」

「みうちゃん、それ一旦やめて他の店いかない？　私いい店知ってるんだけど～」

少し間を開けてみうは口を開く。

「じゃあキープして、いいのがなかったらこれ買います！」

「そうしましょ〜。その間に律花からも返信来ると思うわ〜」

「はいっ」

二人が遠ざかっていく足音が聞こえる。律花はそっとカーテンを開け、いなくなったことを確認すると、外に出た。

「行ったみたい……ごめんね、有馬くん。無理やり押し込んだりして」

「い、いえ——それよりどうしたんでしょう。なんか琴葉先輩、早く離れたがってたような」

「うん……多分バレてたかも」

「えっ」

ここに律花がいることが？

「靴、あるし……けど、なんで声かけなかったんだろう？」

そういえば試着室前には靴がある。それを見たらいることに気づくはずだ。

「でもみうはわかってなかったような気がしますけど」

「あの子はそういうところ気づかないから……たぶんカーテン閉まってるところしか見て

ないと思う」

琴葉がみうをさっさと連れて行ったのは、靴に気づかれないためもあったのだろう。

「でも会長だけだったら、別に琴葉先輩が気を利《き》かせる理由もないような……」

（まさか俺のことまでバレてた？）

でなければ琴葉が声をかけるはずだ。それすらしないのは――。

「たぶん、声聞こえてるのにあたしが反応しなかったから、察したんだと思う……」

（空気読みすぎだろ……）

あの人の洞察力は以前から知っていたが、靴を見かけて声がなかったから察した――なんて全ての状況を最初から知っていたのではないかと勘繰ってしまう。

しかしそのおかげで助かった――のか？　結果として俺がいたことが間接的にバレてるような気がするが。

「まああたしから琴葉にそれとなく言っとく。たぶん、有馬くんのことがバレたというより、あたしが反応できないような状況だったって思って行ってくれたんだと思う」

「そう願いたいですね」

本当のところどっちかわからない。けど入ったところはバレてないだろうから、律花が言ったことが正しいと思う。

「じゃ、じゃあこれ着替えて、買って来るね」

「あ、はい――外で待ってますね」

再び律花は更衣室に入り、カーテンを閉めた。

（危なかった――けど）

俺の脳裏に浮かぶのは、更衣室に散らばる律花の服。

（早く切り替えよう）

悶々《もんもん》としながらも、俺は店先で待つのだった。

◇

「次どこ行こっか」

今後の夏イベントのための水着の買い物も終わり、俺たちはまた手を繋《つな》いで商店街を歩いていた。

律花の肩が俺の肩に当たっている。律花が俺の顔を覗《のぞ》き込んでくるから、仕方ないのだが、やっぱり女の子と接触しているのは慣れない。

「そろそろ河川敷《かせんじき》に――」

と言いかけて、

ぐぅ～。

盛大に腹の音が鳴った。俺ではない。隣から聞こえた。

「えへへ……ごめん」

「いえ、その……」

こんな時なんて言えばいいんだ？　この期《ご》に及んで聞こえなかったとは言えない。恥ずかしそうに頬を染める律花を見て、共感性羞恥心が俺の中で膨れ上がっていく。

現在四時過ぎ。お昼を食べるというより、そろそろ晩ご飯が見えてくる時間帯だ。

歩いてカロリーを消費しているからか、急激に何か食べたくなってきた。

「どこか——ファミレスとか寄ります？」

「でもないよ？　この辺りにファミレス」

「え？　そうなんですか？」

「うん。周辺の地図情報は事前に調べてきたんだ。遠いところに一つあるけど……歩いていくにはちょっと大変かも」

何も調べてきていない自分を呪った。

その点、律花はしっかり下調べを済ましていたらしい。「一応、ファストフード店ならあるけど、今からだとちょっと重いかもね。晩ご飯もあるし」とスマホをチェックしながら律花は言う。

こういう時、男がリードしてあげるべきだというのに、何もできない自分が恨めしい。

（これは教訓だな）

予習の意味はあったというものだ。来《きた》る本番の時にちゃんと下調べと準備を怠らないようにしよう。

ぐぅ～、と今度は俺の腹が鳴った。

「じゃあそこのコンビニで何か買って公園で食べる？」

公園――一瞬思考を巡らせ、すぐに思い当たる。

（バイトの後に会長と一緒に行ったところか）

ここから歩いて数分のところだし、コンビニならすぐそこにある。腹も満たせるし、悪くない。

「そうしましょうか」

商店街の一角にあるコンビニへと入る。

「いらっしゃいませ～」と右手側のカウンターから店員の掛け声が飛んできた。商店街のコンビニだからか、あまり店舗規模は大きくない。入って左手が雑誌コーナー、その奥が飲料コーナーになっている。

俺と律花はカウンター前を通り過ぎて正面のおにぎり弁当コーナーへと足を運ぶ。

「有馬くんはどれにする？」

「これにします」

と言って、俺はハムカツサンドとたまごサンドを取る。

「じゃああたしもサンドイッチにしよっと」

律花は隣の棚からツナマヨサンドとたまごサンドを取った。

飲み物も買うべく奥に行って、３００mlのお茶を持って、レジに並ぼうとする。

けどレジはいつの間にか混んでおり、三人くらい並んでいた。

「あたしが一緒に買うよ。別々に買うより早いでしょ？」

まとめた方が早いがこういう時に先輩を並ばせるのも忍びない。

「俺が並びますよ。会長はゆっくりしててください」

「いいって、バイトの時は助けてもらったし、これくらいやらせて」

なんでも自分でやろうとする律花は、こうなったら引こうとしない。遠慮し合っても平行線のままだし、ここは素直に頼もう。

「じゃあお願いします」

と俺はポケットから財布を取り出して千円を渡す。これだけあればサンドイッチ代とお茶代にはなるだろう。

「おーけー。じゃあちょっと待っててね」

律花がレジに並ぶ間、何をしようか。

一番の暇潰しはやっぱり立ち読みか。

俺は雑誌コーナーへ行きマンガ雑誌に手を伸ばそうとすると――。

（あ、これ）

ふとファッション誌の表紙が目についた。普段なら目もくれない名前も知らない雑誌。

俺はそれを手に取った。

これだけは無視できない。

なぜならそのファッション誌の表紙を飾っていたのは律花だったからだ。

落ち着いた色の薄いカーディガンとすらっとした足を際立《きわだ》たせるパンツを穿《は》いて、手提げポーチを提げている。

仕事をしている時の律花はまた一段と違う良さがある。

バイトの時に見せたテンパった律花からは想像できない完璧な姿。まさしく『プロ』という言葉を体現しているかのような立ち振る舞いだ。

これまでもモデルの写真を何度か見かけてはいたけれど、こうして世に出ている雑誌を実際に手に取るのは初めてだった。

まるで知らない女性を見ているかのような新鮮さを感じる。

「おまたせ――って、あっ、ちょっと」

買い物を終えてレジ袋を引っ提げている律花にファッション誌を取り上げられた。

「見ないでよ～」

恥ずかしそうに顔を赤らめる律花。確かに見られて嬉《うれ》しいものじゃないだろう。

「すみません。つい」

「もう～。行くよ」

ぷいっと背を向けて入口に歩いて行ってしまう。

(帰りに寄って、買おう)

心の内でひそかに思った。

◇

五分くらいか。

歩いてきて緑地公園に着いた。やっぱり昼間の公園だからか、俺たちが夜に座っていたブランコは幼児たちが独占していた。幼稚園児くらいの子供五、六人がブランコ近くで遊んでいる。

さすがにあの中に割り込んでブランコで昼ご飯を食べられない。

「こっちで食べましょう」

とベンチの方へ歩き、俺たちは腰を下ろした。

ベンチの前は歩道になっているが、商店街と違ってそれほど人通りは多くない。十分リラックスしてご飯を食べられそうだ。

「はいこれ、お釣り」

二十円手渡しされた。少し指先が触れて俺はぴくりと反応してしまう。照れながらも
「ありがとうございます」と頭を下げ、俺は受け取ったサンドイッチの袋を開ける。

「夜と違って、人が多いね、ここ」

たまごサンドをぱくりと一口食べて、律花はそう口にした。遠目でブランコで遊ぶ幼児たちを眺めているようだった。

「そうですね。いつもだいたいこんな感じですね。子供の時、たまに来てたんですけど、全然変わってないですね」

「来たことあるって言ってたね。やっぱりブランコで遊んでたの？　それとも砂場？」

「あんまり覚えてないんですけど、たぶん両方ですね。会長もよく来てたんですか？」

そういえば『ニアミスしたことあるかも』なんてバイト終わりに来た時に言っていた。

「よく琴葉とね。あの時はあっち側だったのに、いつの間にかベンチで眺める側か〜」

「高校生だとさすがに交ざって遊べないですね」

「ホントだよ──あたしはたまに公園来ることあるけど、遊具で遊んだりはしないなぁ」

「散歩に、ですか？」

と訊《たず》ねるとちょっと困ったように唇を尖《とが》らせていた。

「どっちかというと、落ち込んだ時……かな？　嫌なことがあったりするとふらっと寄ったり？」

ふふ、と懐《なつ》かしむような表情で律花は微笑《ほほえ》む。

こんな特別な会話──思えば一度もしたことはないかもしれない。

ここ最近だ。律花がスーパーのバイトに来て、澤野先輩への憧れを話した時からだ。

生徒会室にいる時はいつも業務連絡か、中身のない誰とでもできるような日常会話しかしなかった。

『お互いにしかできない特別な会話』なんてしたことがなかった。

今まで、律花は人とフレンドリーに会話する時も、その心の内は全然見せない隙のない人だと思っていた。

けど違った。

律花だって弱音を吐くこともあるし、緊張してどうしようもなくテンパることもある。

俺が憧れた『理想の律花』とは違うのかもしれない。だけど今の律花の方が俺は好きだった。

憧れとは違う。見上げるだけの存在とも違う。

それは俺にとって――。

「ねぇ」

「え？」

「サンドイッチ、交換しない？　あたしのツナマヨと有馬くんのハムカツ」

二切れあるサンドイッチを一切れずつ分けたいのだろうか。

「いいですよ」

と俺は一切れ渡し、代わりにツナマヨを一切れもらった。

ぱくっとかぶりつく律花は「おいしっ」と口をもぐもぐさせていた。

「そんなにハムカツほしいなら、買えばよかったのに」

「こういうのは分けてもらうからおいしいんだよ。有馬くんだって自分のお弁当より友達のお弁当の方がおいしそうって思ったことない？」

ちょっとわかる。生徒会室でみうと一緒に食べている時、何度かおかずを交換したことがある。俺がもらったのはミートボールだったが、あれはおいしかった。

「食い意地張ってますね」

「ひどいなぁ」

と言って笑い合う。

——もしかして俺はこういう関係を望んでいたのかもしれない。

生徒会長と書記という関係でもなく、頼り頼られるだけの関係でもなく、ただただ自然に会話して笑みがこぼれるような関係。

できればいつまでも、こうして楽しく会話していたい。別れてからでも今日は楽しかったなと心が温かくなるみたいな……。

（あれ……なんでだろう）

突如として、心の奥底から湧いた不快感。

わからない。まるで得体の知れない気体が体中に絡《から》みついているかのようだ。律花のことを考えると、摑《つか》みどころのない感覚が俺を支配する。

俺にとって律花は——。

一体なんなんだ。

◇

――しばらくして、昼ご飯を食べ終わると、

「う～ん。お腹《なか》いっぱいだぁ」

公園のベンチから立ち上がり、律花はうーんと背伸びをして「次、どうしよっか」とくるっと俺の方へ向き直った。

「もう結構時間経《た》ってますね」

雑談しながらゆっくり食べていたからか、もう五時近い。時間的に次に行くところが今日のラストだろう。

「そろそろ河川敷《かせんじき》行きますか？　花火大会の会場の」

ここから数分くらい歩いたところにある。

「そうだね、じゃあ最後に行こっか」

ぐいっと俺の腕を引っ張ってくる。

「あ、ちょ、ちょっと」

「ほらほら」

リードされるがまま、俺は律花について行く。

手を繋《つな》ぐ――というより腕を組むと言った方がいいかもしれない。そのせいで俺の腕に律花の胸が押し当てられている。

律花は俺を男として意識しているのかと錯覚してしまう。でもそんなことないのはわかっている。いつものフレンドリーさを発揮しているだけだ。それにドキドキしてしまって、俺の方が変に意識してしまっているだけだ。

律花はいつもフランクで、俺に対しても先輩としての感情しかないはずだ。

欲張りか。

律花に頼られて、彼女の貴重なプライベートな時間を俺のために使ってくれている。それだけで嬉しいのに、もっと一緒にいたいと思ってしまう。

(いや……これでいいんだ)

彼女に頼られるだけで嬉しいのは間違いない。俺は今まで通り、頼られたら手を差し伸べればいいんだ。

「有馬くん、着いたよ？　どうしたの？」

「え、あ――」

俺の前には土手がそそり立っていた。舗装された階段を律花と一緒に上り、土手に上がる。

「うわぁ〜ひろ〜い」

律花の言う通り、広い空間だった。

目の前には大きな川が横たわっていて、対岸までゆうに百メートルほどの距離がある。

土手から眼下を見回すと、河川敷沿いでは近所の子供たちがサッカーボールを蹴って遊んでいた。

「久々に来たけど、駅前と違って解放感がすごいなぁ」

律花は土手から少し下りて、芝生の上に寝転がった。う〜んと大きく伸びをする。

「俺が去年来た時、対岸で花火が上がってましたよ。あれはめちゃくちゃ感動しました」

俺も律花の隣に腰を下ろす。さわやかな風が頬を撫《な》でる。深呼吸したくなるほど心地がいい。

「そうなの？」

「まあ一人だったから、なんかいたたまれなくなって帰っちゃいましたけど」

あの時は悲しかった。周囲を見たら全員カップルなんだから。設営されていたベンチに一人でいるのは虚《むな》しかった。

「あたしも一人だったなぁ。家の窓から見てたんだけどね。綺麗《きれい》ってのはわかるけど、なんだかう━んって感じで」

「ここから見ると全然迫力違うからすごいですよ」

「ホント？　期待していい？」

きらきらした目で射貫《いぬ》かれる。そこまで期待されるとがっかりされた時は申し訳なくなる。

「まあ半分くらい期待していてください。それより屋台で何食べたいとかありますか？　やっぱりリンゴ飴《あめ》ですか？」

「たこ焼きは計画で使うとして——そうだね、リンゴ飴食べたいなぁ」

思いをはせる律花の横顔はさながら夢を見るあどけない少女のようだ。

「おいしいですよ。ちょっと小ぶりのリンゴなんで、気軽に食べられますし」

「楽しみ～」

えへへ、と口の端《はし》から涎《よだれ》が垂れている。そんなに楽しみなのか。

それにしても、と律花が口を開く。

「有馬くん今日はどうだった？」

「楽しかったですよ。久々に誰かと過ごして楽しいって思いました」

こうして誰かと遊びに行くなんて何か月ぶりか。無計画だったことはちょっと後悔したけど。

一番大事なのは、行く前に予定を決めることだと今日一日で学んだ。やっぱり事前準備は大事だ。

「あたしも楽しかった〜。ありがとう」

お礼を言われて素直に俺は照れてしまう。一緒に街を歩けて俺もよかった。

「でもおかげで——」律花が何気なく口にする。

「花火大会でのデートもがんばれる気がする」

すっ——と。

体温が一度下がったような気がした。

「……参考になりましたか？」

喉の奥から絞り出すように声を発した。なぜ？　俺は今、すごく嫌な気持ちになっている？

「うん。すっごく」

と律花は無邪気な笑みを俺に向けてきた。

こうして俺に向けてくれる笑顔が途端に空虚なものに感じてしまう。

「もう今日も終わりかぁ」

会話の途切れ目にぽつりと律花が呟《つぶや》く。

ふと俺は正面に顔を向ける。

川向こうの街並み――その奥から夕陽《ゆうひ》が顔をのぞかせている。俺たちが座る土手が黄昏《たそがれ》色に染め上げられていた。

律花はう～ん、と伸びをする。

「なんだかここ最近で一番のんびりできたかも～」

「ですね」

今日一日、俺は楽しかった――と思っていた。

それは本当なのか？

今日全ての出来事がハリボテだとしても、俺は楽しいと言えるのか。

律花は――彼女はどう思っているんだ？

律花は「あーあ」と呟き、

「これでデートも終わりなんだよね～。本番でちゃんと今日みたいにできるかなぁ」

本番。

（そう……なんだよな）

今日は全て澤野先輩とのデートのためだ。

俺はころんと河川敷の芝生の上に寝転がる。

口から吸う空気がざらざらと感じる。まるで肺の中に砂が入り込んだみたいだ。

「大丈夫だよね……花火大会のデート。なんとなくデートってこんな感じってわかったけど……」

律花は不安を吐露した。

「ちゃんと今日、できたじゃないですか。手を繋いだり、二人で食べたり……。同じことを今度は澤野——先輩とやればいいんですよ」

こうして予習のデートをして律花は弾みになったはずだ。俺が背中を押してあげなければ、律花はまた悩むことになる。

澤野先輩とのデートのため——それでいいはずだ。

「ありがと」と律花は苦笑して「でもさ、その……まだ花火大会まで時間があるでしょ？」

「一週間ちょっとくらいは……」

「じゃあさ、もうちょっと続けてみる？」

「え……？」

河川敷を吹く生暖かな風が頬を撫でる。

それはつまり今日限りにしない、ということか？

「それは……でも……」

続ける？

終わる？

選択肢が俺の目の前に横たわるとは思わなかった。今日一日だけのことだとばかり思っていたからだ。

「今日一日楽しかったし……でもやっぱり迷惑、だよね。わがままってわかってる」

「いえ！　迷惑なんて。俺は大丈夫ですよ。会長が本番で失敗して泣いてるところ見る方が嫌ですから」

そうだ。その通りだ。

「いいの？」

「俺としても将来の彼女ができた時の予習になりますし」

言葉が嘘《うそ》で塗り固められているのがわかっている。

俺自身のことは構わない。律花に応えたいだけだ。

「ありがとう。あたしも有馬くんのためにできること考えとくよ——じゃあ今日は解散しよっか。明日《あした》からまたよろしくね」

「あ……はい。また」

歯切れが悪くなる。

律花はぴょんと立ち上がり、土手から駅の方へと帰っていく。

つい受け入れてしまった。

律花から今日みたいな行為を続けることを提案されてしまった。

俺自身は今日一日が楽しいと感じていた。それが続けばいいとすら思っていた。

幻影に過ぎないのに。続いたその道の先にあるのはオアシスではなく、果てない砂漠。

満たすことができないとわかっているはずなのに、俺は律花のためと思って了承した。

――そもそも律花は俺に対してどう思っているのか。

でも楽しいと言ってくれた。その言葉に嘘偽りはないはずだ。

楽しいから続けたい――そう思《おも》っているのだろうか。

はぁ……と大きくため息を吐いた。

(何を考えてんだ、俺)

今日だって律花が花火大会のデートで緊張しないためのデートだったはずだ。そこに偶然、俺が入り込んだだけのこと。

最初から別に俺のためじゃなかった。

ただ、律花の役に立てればよかっただけなのに。

今日のデートの最初の時にはなかった、胸の奥のざらついた感覚はなんだろう。

振り返って、夕陽に背を向ける。

夕陽に照らされた俺の暗い影が駅の方へとまっすぐ伸びていた。

三章　恋心と花火大会

頭の中でずっとぐるぐるしている。

昨日のデートが終わってから、ずっと心の中にわだかまった気持ちがある。

霧中を手探りで歩いているような気分だ。この気持ちに出口が見えない。

デートをする前にはなかった。ずっと律花《りつか》のために動いていたのに、今は少し迷っている。このまま偽りの関係を続けることに抵抗感が生まれているのは確かだ。

それがなぜかわからない。

でも相反するようにもっと律花と話していたいと思う自分もいる。

――俺はどうしたのだろうか。

「――以上でホームルームは終了、日直～、号令頼む」

「きりーつ」

三限目――一学期最後のホームルームが終わり、日直の号令でクラスのみんなが立ち上がる。

「れい」

クラスメイトたちが礼をし、担任が教室を出る。――それから教室全体がざわざわと騒がしくなる。さっそく隣の席では「夏休みどうする？」という話題で盛り上がっていた。

明日は終業式。それが終わったら本格的に夏休みに入る。

（来週か……）

河川敷《かせんじき》での花火大会まで一週間。教室でもちらちらと花火大会の話が聞こえてくる。

（一旦、購買に行かないと……）

昼ご飯のパンを買いたい。その後はいつも通り生徒会室に行く予定だ。

特に用事はないが、バイトがない日はいつも顔を出している。なんだか行かずに帰ると悪い気がしてしまうからだ。

俺は席を立って教室を出た。廊下を歩いて階段へ向かう。何気なく下りていると――。

「会長？」

「あ、いた～」

下の階から上ってくる律花と踊り場でばったりと出会った。どうしたのだろう？　二年の教室がある階に用事があったのだろうか？

「有馬《ありま》くん、今から生徒会？」

「ええ、まあ。先にパン買うつもりでしたけど」

「じゃあちょうどよかった～。実は有馬くんにお弁当作ってきたんだよね」

「え？」

なんで？　というのが先に頭によぎった。なんか貸しでもあっただろうか。

「だって、昨日言ったじゃん～」

「言ったって？」

「予習、続けるって」

言ったけど、今⁉

「今ダメ？」

「いやダメってわけじゃ……」

一旦家に帰ってから、とかそういうのを想定していた。まさか学校デートする気か。

「でも作って来ちゃったんだけど……」

「うぅ……」

昨日、関係を続けると言った手前、断る選択肢はない。それに律花のために予習を続けたいとは思うが、これは不意打ちすぎた。

生徒会で食べるか？　しかしそれだとみうにバレる可能性がある。そうなると律花の憧れの話からしないといけなくなる。それは律花の望むところではないだろう。

となると、お昼デートを学校のどこかで過ごさないといけない。

「でもどこで食べるつもりなんです？　中庭も校舎裏も人来ますよ？」

正式に付き合っているわけでもないのに、変な噂《うわさ》を立てられたくない。目立つところで食べるわけにはいかないだろう。

「わかってるって、だからこれ」

「これ？」

律花は鍵を持っていた。どこの鍵だ？　教室のとは違う少し大きめの鍵だ。

「屋上の鍵。先生に言って借りてきたの」

「いいんですか？」

他校は知らないが、うちの学校の屋上は立ち入り禁止だ。普段から鍵をかけてあり、借りたくても貸し出してくれないはずだ。

「実は広報の先生が、学校のホームページに掲載する風景写真を撮るらしくて、あたし手伝いますって言ったらすんなり貸してくれたんだ。ちゃんとデジカメも借りてきた」

なるほど、生徒会活動の一環ということか。

律花は先生からの信頼も厚い。先生は二つ返事で鍵を貸してくれたのだろう。

「職権濫用ですね。他の生徒羨みますよ」

「へへ、ちょっとくらいいいじゃん。いこいこ〜」

と律花は階段を駆け上がっていく。俺もそれに続く。

三階を越えて、四階——屋上前の扉に着いた。明かりも窓もないから、扉前は薄暗い。

律花が扉を触って鍵穴の場所を手探りで見つけようとしていた。

(暗いから仕方ないか——ん?)

俺はふと後ろを振り返る。階段の下——踊り場から足音がしたような気がした。

(一瞬、誰かがいてこっちを見上げていたような……)

この下の階段は屋上にしか通じていないから、下の踊り場に人が来るわけがない。

(気のせいか?)

「うー、暗くて鍵穴わかんない〜」

「あっ、すみません。今スマホのライト当てますから」

俺はスマホのライト機能を使って、律花の手元を照らした。

「ありがとっ！　あっ開いた！」

重そうな鉄扉《てっぴ》を押し開け、屋上に出る。

同時に太陽の照り返しが薄暗闇に慣れた俺たちの目を襲う。

「う……うわ～すごい！」

一言目の感想はとにかく広い、というものだった。床は一面、白いタイルに覆われ、周囲を背の低いフェンスで覆っている。よくマンガで見るような屋上と同じような雰囲気の場所だ。

――ただ、想像以上に……。

「あっついですね、ここ！」

頭上でさんさんと輝く夏の太陽がじりじりと屋上を照り付ける。白いタイルだからか、

日陰になっている入口付近でも、立っているだけで汗が額に浮く。

「はは、ホントにね。毎日ここで昼ご飯なんて食べてられないね」

「とりあえず日陰で食べましょう。写真はどうします？」

「先に撮るよ。有馬くんは先に食べてて」

「そんなわけにはいきませんよ。俺も手伝います」

と言っても、あんまり手伝うことはないと思うが、律花にだけ炎天下で写真を撮らせて、

一人で日陰で涼むわけにはいかない。

「ありがと～。けどだいたいの構図は言われてるから、大丈夫だよ」

それもそうか。律花の独断だけだと先生が思った通りの写真は撮れないだろうし。

律花はデジカメを高く掲げ、フェンスの上から街並みを撮ろうとしていた。だがあまりうまく撮れないのか何度も撮りなおしている。

「どうしました？」

「うん……なんかちょっとブレちゃってるみたい」

「ちょっと貸してください——これ、風景を撮るモードになってないですよ。ミクロモードになってます」

「え、そうなの？」

花のような近くの物を撮る設定になっていた。これでは風景がぼやけてしまう。俺は設定を変えて、街並みに向けてデジカメのシャッターを押す。

「これでどうです？」

カメラを手渡し、律花が写真を確認する。「うん！　ばっちり！」

それから屋上の写真を数枚撮って、終了したようだ。

「これで広報の手伝いは終わりですか？」

律花と並んで、入口の壁に背を向けて座る。日陰になっている分、少しは涼しい。

「屋上はね。後はグラウンドと体育館と校門からの校舎全景と——」

「そんなに回るんですか？」

一人でそれ全部やるつもりだったのか？　いや、そもそも手伝うって言い出したのは律花自身だ。

「今日はバイトも生徒会の仕事もないし、ちょっと汗かくだけだよ」

「普通、屋上行くだけでそんなに手伝いませんよ……」

「屋上行くだけじゃないよ。有馬くんと一緒にお弁当食べたかったから」

（え？）

俺と食べたいと思っただけで、それ全部やるつもりだったのか。

いや、嬉《うれ》しいのだが――リターンに見合っていない気がする。

「そんな、申し訳ないですよ」

「いいんだよ。あたしがそうしたかったんだし」

なんだか照れくさい。「あ、ありがとうございます」と視線を逸《そ》らしながら返事した。

「えへへ、あ、ほらほら食べて食べて。あたしの手作りなんだから」

渡された弁当の包みを開ける。

一段だけの平たい弁当だ。中は日の丸弁当だった。おかずは卵焼きにきんぴらごぼう、野菜いため――。意外と普通だが、冷凍食品ではない。

改めて手作りの弁当を見ると、嬉しさが込みあげてくる。今まで誰かの手作り弁当なんて食べたことがない。自分で作る時はいつも冷凍食品を使って適当に詰め込むだけだ。

「めちゃくちゃうまそう……」

「どうぞ召し上がれ」

本当の彼女ができたらこんな気持ちになるのか——。心の中がぽかぽかしてくる。

卵焼き、きんぴらごぼうと続けて食べていくうちに、隣からの視線を感じた。

ふと横を見ると、律花が俺をじっと見ていた。

「……見られてたら食べにくいんですけど」

「あ、ごめんね……おいしい？」

「おいしいですよ。やっぱり手作りは最高ですね」

パクっとご飯を頬張ると、「あっ、ご飯粒ついたよ」と頬に付いたご飯粒を律花は指で摘《つ》まみ取って自分の口に運んだ。

「っ⁉　ごほっごほっ！」

自然すぎる一連の流れに俺は動揺を隠せなかった。気管にご飯が入ってしまう。

「大丈夫⁉　ほら」

と背中をさすりながら、お茶を手渡してくる。俺はコップを受け取ってごくごくっと喉にお茶を流し込む。

「あ、ありがとうござい——えっ」

受け取ったコップは律花の水筒の蓋だった。

あれ？　これ前にもあった間接キスなのでは？　あの時はできなかったけど——。

「よくなった？」

「は、はい……」

頭が破裂しそうだ。俺は縮こまって機械的にご飯を口に運ぶ。女の子にここまでされることに慣れてなさすぎる。

（やっぱり俺……）

この関係が嘘《うそ》だとわかっていても、嬉しいと感じる自分がいる。これは偽らざる真実だ。

——それから律花も一緒に食べ、ものの十分もしないうちに全部食べ終わった。

いろいろあったが、久しぶりに満足のいく昼ご飯だった。いつもはただの栄養摂取程度にしか考えていなかったが、こうしておいしいものを食べるとまた一段と違ってくる。

「ありがとうございます——あっ、お弁当箱は洗って返しますね」

「え？　いいんだよ。あたしが勝手に作ってきたんだし」

「いえ、こういうのは礼儀ですから。俺がそうしたいって思ってるんですし」

「うーん、じゃあお願いしようかな？」

折れてくれてよかった。律花は何でも自分でしたがるから、こういう時も甘えていたら、こっちが申し訳なくなる。

「じゃあ、今のうちに写真撮って回ろっか」

二人して立ち上がる。

さて……ここからが大変だ。俺の体力、持つだろうか……。

いや律花の手前弱音なんて吐いてられない。

俺はパンと頬を軽く叩《たた》いた。

「よし、がんばるか！」

◇

「うぅ……疲れた……」

だいたい四十分くらいか。

指定されていた場所の写真を撮り終わった。ほぼ学校中を回ることになったから、汗が額からだらだら流れてくる。ワイシャツの中は汗まみれで気持ち悪い。

最後の校門からの校舎の全体像を撮り終わり、俺たちはゲタ箱の前に来ていた。石造りの空間でかつ日陰になっているので、空気がひんやりとして気持ちがいい。

途中、購買部前の自販機で買ったスポーツドリンクを喉に流し込む。冷たい液体が喉を通るのを感じる。生き返った気分だ。

「ふぅ～。終わった～。有馬くんもありがとね。あたし写真撮るのへたくそで」

靴を履き替えながら、律花はため息を吐《つ》いた。

確かに結構手ブレが多かった。設定とかそういう問題ではなく、単に律花は写真を撮るのが下手らしい。

俺も運動靴をロッカーへ入れ、

「意外でしたよ。会長にもそういう苦手分野があるんですね」

「あるよ～。琴葉《ことは》みたいになんでもできるわけじゃないし」

こうして一緒に行動することがなかったら知らなかった部分だ。そういうところが知れて少し笑みが零《こぼ》れる。

「じゃあ、あたし、カメラ返してくるから先に生徒会室に行ってて」

「はい、わかりました」

上履きを履いて律花はたたっと階段を駆け上がった。ホントに元気な人だ。あれほど歩き回ったのにまだ走る余力があるなんて。

俺も上履きを履いて、階段を上ろうとした時だった。

「あ〜っ、冬季《ふゆき》くんだ」

「え？」

声のした方へと俺は振り返った。

そこにいたのはゲタ箱の陰からこちらを覗《のぞ》き込むようにひょっこり顔を出したみうだった。俺の方へとたたたっと駆けてきた。

「みう？」

「ねぇねぇ。さっき会長といなかったぁ？」

「いたけど、みうは？　部活じゃないのか？」

みうの姿は学校指定のワイシャツとスカートだ。みうはテニス部だから、部活に行ってたならテニスウェアを着ているはずだ。

「さっきまで生徒会室にいたけど、窓から二人が見えたから下りてきたんだよ〜」

「ああ、ちょっと先生に頼まれたことがあって」

そういうことか。ならこれから部活に行くつもりだろうか。

「ねえ、冬季くん。一つ聞いていい？」

「なんだ？」

俺はスポーツドリンクを飲みながら、聞き返す。

「律花会長と付き合ってるの？」

吹きかけた。寸前のところで飲み込んだ。なんだ！　いきなり？

「な、なんでそう思ったんだ？」

一緒に広報の仕事で回ってただけでそう言われるのは心外もいいところだ。

「だって、さっきさ。屋上で一緒にお弁当食べてたでしょ？」

確かに食べていたが……。

そうか。行きに感じた人の気配はみうだったのか。

でもマズい。変な誤解をされてしまっている。

「広報の仕事で屋上に行くことになって、お昼だし先に弁当食べようってなっただけだって。別に付き合ってるわけじゃ――」

「あっ、そうなんだね！　律花会長のお弁当、二人で食べてたから、付き合ってるんじゃないかと思ってたよぉ」

「いや、あれは前もって俺と学校回る予定だったから、作ってきてくれただけで……お礼みたいなもんだよ」

嘘だけど、真実もある。

「そうなんだぁ？　ねぇねぇ屋上でどんなこと話してたの？」

「この後どこから回る？　とか話してただけだって」

嘘だけど。まあやり取りを聞いていたわけじゃないなら、これ以上の勘繰りはしてこないはず。

「そうなんだぁ。付き合ってるんだったら、邪魔したら悪いと思って入って行けなかったし」

扉越しに聞いたとかなさそうだ。上に行ったのを見ただけなのか。

「そうなのか……よかった」

「ふぇ？」

「ああ！　違う違う！　誤解されなくてよかったって意味！」

「別に誤解してないよ？　ちょっと気になっただけだよぉ。でもなんで前もって冬季くんには言ってたのに、わたしたちには言わなかったんだろ、律花会長……」

うっ。確かにそうだ。

生徒会の活動なのに、みうと琴葉に秘密にする理由なんて考えてなかった。

「それは……みうたちに遠慮したからじゃないか？」

「遠慮ぉ？」

「みうだってテニス部の大会あって練習忙しいだろ？　俺なんてバイトなかったから暇だ

し、会長、写真撮るの苦手だからさ」

慌てて言いつくろう。嫌な汗が背中にじんわりと滲《にじ》む。

「ふーん?」

怪訝《けげん》そうなみうの視線。ダメか。

と思ったら、ぱあっとみうの表情が明るくなって、

「そっかぁ! さすが会長! ホントに優しいよねぇ」

チョロかった。助かった、みうがチョロくて。

「次なにかあったら、多分会長もみうに頼むと思うし、今はテニス部がんばれよ」

「ほーい。んじゃあ、これから拙者部活に参るでござる」

ビシッ、と敬礼を決めるみう。口調とポーズが合ってないぞ。

くるっと反転して行こうとしたところでみうが「あ、でも——」と口にし、

「冬季くん。会長が写真苦手ってよく知ってたね。あたし知らなかったよ」

「っ」

「じゃあね~」

靴を履き替えて、るんるんと駆けて行く。

残された俺は室内だというのに、汗だくになりながら——。

「嘘なんて、吐くもんじゃないな……」

そう呟《つぶや》くのだった。

◇

最近の俺は少しおかしい。

暇さえあればずっと律花のことばかり考えている。

デートの終わりに言った律花のセリフを頭の中で反芻《はんすう》する。

『花火大会でのデートもがんばれる気がする』

俺は花火大会のデートを成功させるために律花に協力していた自覚はあるし、頼られて嬉《うれ》しかったのも事実だ。

だがなぜ俺はあの時、そのセリフを聞いて胸にしこりを覚えたのだろう。

いや、ダメだ。

答えなんて出ない。終わりのない迷路に閉じ込められたみたいだ。

「本当に何考えてんだよ……」

「どうしたのぉ？　冬季くん」

ハッと我に返る。俺の隣でみうが顔を覗き込んできていた。

「あ、ああ……えっと……」

つい声が漏れていたようだ。そうだ今日は――。

「ダメだよ？　あんまりぼーっとしちゃ。生徒会役員が率先して整列させなきゃ」

すでに生徒たちは終業式を行う体育館へと集められていた。三学年合わせて九百人弱。

一応、俺とみうが先導して名前順に並ばせてはいるが、ざわざわと雑談の声がうるさく、まとまりがない。

まだ先生たちが壇上《だんじょう》でマイクの準備をしているが、仮にこの状況で校長先生が喋《しゃべ》っても、誰も聞いていないだろうし、うるさいままだろう。

「みなさーん、静かにしてくださーい！　そろそろ校長先生がお話しになりますよーっ」

みうが手を振って声を上げるが、効果はない。というよりみうが小さすぎて、後ろの人たちは見えていないのでは？　なんか子供が手を振ってるぞ、程度にしか思われなそうだ。

「みんな静かに、ちゃんと並んでください」

俺もみうに倣《なら》って声を上げる。だが俺の声量はそんなに大きくはない。

ちなみに副会長の秋沢《あきさわ》琴葉は、生徒たちの列の横から他の先生たちと一緒に整列させている。よく聞くと「静かにぃ～」とやんわりとした琴葉の声が聞こえるが、全く効果は期待できない。

そんな時だった。

パンっ！　と手を叩《たた》く音が体育館に響き渡る。

まさに一閃《いっせん》。それまでざわついていた体育館内が一瞬で静寂に支配される。

音の方――壇上にはマイクを脇に挟んだ律花が立っていた。

凛《りん》とした立ち姿に俺もみうも何も言葉を発せず、ただ律花を見上げていた。

マイクを手に持ち、律花は、すぅ、と短く息を吸う。

「それでは終業式を始めます。みなさん、お静かにお願いします。まずは校長先生からのお話です」

あの生徒会長の律花の言葉だから、みんな静かになった。まさにそう思えるような状況だった。

律花は並ぶ生徒たちを睥睨《へいげい》し、

「校長先生のお話の前に一つだけ、この先、大学や社会へと進出するのにメリハリは必要です。あたしたちは中学生や小学生とは違う。高校生として今すべきことは？　それをもう一度考えてみてはいかがでしょうか」

と言い終え、マイクを壇上でスタンバイしている校長先生へと渡す律花。

校長先生はハンカチで禿《は》げ上がった頭の汗を拭きながら、

「言いたいこと、言われてしまってるんですが……」

と何とも律花の迷いない一言の後で、お話しするのは気まずそうだ。律花は笑みを浮かべたまま、壇上から下り、体育館の端——生徒会のメンバーが座るための椅子へと腰を下ろした。

俺とみうもハッとして、慌てて律花の下へ行く。いつまでも生徒たちの前にいるわけにはいかない。

壇上では校長先生が話し始めた。どこかぎこちないが、仕方ないだろう。

「律花会長！　さすがです！」

みうがきらきらと輝いた目を見せる。しかし律花はしっ、と人差し指を立て、

「あたしたちが喋ってちゃ示しがつかないでしょ？　後で、ね」

みうは慌てて自分の口を手で塞ぐ。別にそこまでリアクションしなくてもいいのに。

俺も小さく律花に会釈《えしゃく》すると、律花もにこりと微笑《ほほえ》み返してくれた。

さすが律花だ。

みんなの前で完璧なリーダーシップをとっていた。

自信満々な彼女の態度や言動に俺はずっと憧れを抱いてきた。見上げるだけの存在だった。

今まで俺は一線を引いていた。日常的な会話と業務的な会話も味気のないものばかりで済ませていた。そうやって俺は憧れだと自分で納得して、彼女の本心を見ようとしなかった。

でも最近の彼女と接するうちに、そんな線はなくなっていた。

律花の胸の内を知り、街に出かけて、一緒に過ごす機会が多くなって、俺自身、彼女に向ける感情が変わっていった。

彼女の役に立ちたい、頼られたい——だけだったのに。

——もっとたわいのない話をしたい。そう思うようになっていた。

俺は一体どうしてしまったのだろう。自分の気持ちの変化に理由が付けられない。律花に対して必要以上に求めてしまう自分がいる。

今の俺は。

憧れだけが俺の気持ちなのだろうか。

◇

「みんな、乾杯っ」

「「「かんぱい」」」

お菓子はないし、紙コップに注《つ》いだペットボトルの紅茶だけど、一応乾杯をした。あんまり乾杯っぽくはないが。

終業式が終わり、ホームルームも終わっての生徒会室。俺たち生徒会のメンバーはささやかな打ち上げと一学期の反省をするべく、こうして生徒会室に集まっていた。

乾杯の音頭《おんど》をとった律花はくっくと紅茶を口に流し込む。俺たちも乾杯っぽく紙コップを持ち上げた後、一口飲んだ。

「みんな、お疲れさま。今期も平和だったね～。二年のお二人はどう？　春からここまで生徒会やってみて」

「わたしは疲れました～。生徒会とテニス部を両立するのは難しかったですぅ」

ぐたぁ～、とみうは机にほっぺたをくっつける。部活をやっていない俺も大変だったのだ、みうはそれ以上だっただろう。

「有馬くんは？」

「充実感はありましたよ。書記なんて初めてでしたけど、がんばったかいがありました」

「昨日はありがとね、おかげで先生喜んでたよ」

「手伝ったかいあってよかったです」

昨日の学校の写真は大抵、俺が撮った。律花が撮ると手ブレを起こしたから。

「あらあら～。二人で内緒のお話？」

琴葉がにこにこと訊《たず》ねてくる。そういえば琴葉には言っていない。

「昨日ね、有馬くんと一緒に学校の写真撮って回ってたの。先生が学校ホームページに載せる写真を撮りたいっていうから」

「みうちゃんも一緒に～？」

「違いますよ？　律花会長と冬季くんだけみたいですぅ」

とみうが首を振る。

と何か察したのか、ちょっと考え込むような仕草をした後、琴葉が、

「二人で学校デート～？　お熱いわね～」

「そ、そんなんじゃないってば！　頼まれた仕事手伝ってもらっただけ！」

律花が少し顔を赤くして必死に否定していた。

「もうこの話はなし！　――それより琴葉はどうだったの？　生徒会入って、去年と比べて」

柔和な表情を浮かべ、うーんと考え込んでから琴葉は、「去年と同じで楽しかったわ～。律花がだいたいやってくれるし～。みうちゃんと有馬くんも優秀だったから～」

「えへへ」とみうが照れくさそうに頭を掻《か》く。俺もなのか？　それは素直に嬉しい。

「二人とも後輩っていうより、ワンちゃんって感じで可愛《かわい》かったし～」

うふふ、と琴葉が笑っている。俺の隣ではみうが「わんわん」と吠《ほ》えている。俺ももう飼われていたのか。

「そうだね、二人ともえらいえらい。おかげで一学期は助かっちゃった。よしよししてあげる」

「わーいっ」とみうは席を立って、律花のもとで頭をよしよしと撫《な》でられていた。本当に犬みたいに見えてきた。

相変わらず距離感が近い。なんでこの人はこうスキンシップが過ぎるのか。

「明日《あした》から一か月会えないのね～」

ぽつりと呟く琴葉の言葉に、俺は実感が湧かなかった。確かに夏休みの宿題はすでに受け取ったし、ホームルームも全て終えた。次に登校するのは八月下旬。この生徒会室に来るのも一か月後になる。

「寂しいですぅ。もう一学期も終わりなんですねぇ。最後にみんなで何かしたくありませんか？」

みうは最後と言われたら何かしたくなる性分なのか。気持ちはわからなくはない。

「そうね。来週、花火大会があるじゃない？　私、友達から誘われたんだけど、よかったらみんなも一緒にどうかしら？　友達も生徒会の人たちと行けるなら行きたいって言ってたのよ～」

花火大会。

まさか琴葉から誘って来るとは思わなかった。

つい、みうと一緒に会長席に座る律花へと目を向ける。

律花は当日、澤野《さわの》先輩とデート──する予定だ。

「ごめんね。あたしはその日、家の事情で行けないんだ」

と手を合わせて律花は琴葉に謝る。

デートのことは隠すつもりでいるらしい。

「そうなの～？　みうたちは？」

「わたしは一緒に行きたいです。ぜひ一緒に屋台回りたいです！」

みうはそうだろう。フランクフルトや焼きそばを食べたいと前に言っていたし。

「有馬くんはどうかしら～？」

「俺ですか？」

「女の子ばっかりだけど、居心地悪くならないならかまわないわ～」

正直、女子と一緒に花火大会なんて去年の俺が知ったら羨むことだろう。

誘ってくれるだけでも嬉《うれ》しい。

花火大会だけでなく、こうして異性からイベントに誘われるなんて、初めての経験だ。

「俺は――」

返事をしかけて、俺はちらっと、無意識に律花の方へと目を向ける。

もし律花が澤野先輩をデートに誘えなければ、花火大会の日は律花は一人ぼっちになる。

そんな律花を想像してしまい、俺はなぜか申し訳なくなってしまう。

（いや、何思ってるんだ。会長が失敗したらって……）

一人になったからってどうする？　俺が代わりに誘う？

以前の俺はそんな風に思ったりしなかったはずだ。なんですぐに返事できなかったのか
自分自身でも理解できていない。

でも、ここで俺が琴葉たちと一緒に花火大会に行くのは――。

「どうしたのぉ？」

「あ、いえ……ごめんなさい。俺、その日はバイトを入れてしまって……」

「残念ね～」

結局、嘘《うそ》をついて断ってしまった。

生徒会長席で律花は怪訝《けげん》そうに首を傾《かし》げている。その日、バイトが入っていないことは

律花なら承知だろう。

（なんで断ったんだろ）

律花がどうとか、俺が琴葉たちと花火大会に行くこととは何も関係ない。

でも俺は結果として断った。

理由は律花だった。

（今からでも……）

と顔を上げると、すでに琴葉とみうは別の話題に移っていた。

◇

放課後。俺と律花はスーパーのバイトへと来ていた。

数時間もすれば俺の中にあったざわついた気持ちも落ち着いていた。やっぱり一昨日《おととい》の律花とのデートが女性に免疫のない俺に刺さっただけだったのかもしれない。

変に律花を意識したせいだ。今は気持ちは戻ってきていて、律花と澤野先輩のデートを成功させなければ、と思っている。

やっぱり律花には悲しんでほしくない。笑っていてほしい、俺は純粋にそう思っていた。

来週までに澤野先輩を誘えればいいのだが——。

「まずいよ……有馬くん」

「どうしました？　出勤カード切り忘れました？」

「澤野先輩とバイト一緒になる日がもう今日しかない」

（うっ、しまった。俺もシフト確認するの忘れてた）

律花の緊張を解くことばかり考えていて、肝心の誘うことのできるタイミングを考慮していなかった。

本当にまずい。

現在、午後五時。

今日も律花と同じレジだ。レジからフロアをざっと眺める限り、人入りはいつも通りだ。すぐに客がレジに来てもおかしくない。

このレジは律花が新人ということもあり、端っこの九番レジだ。ちなみに澤野先輩は三番レジ、ここでの会話はまず聞こえないだろう。

「さっき予定表見たんだけど……どうしよう」

「今日、言えますか？」

どうしようもない。それならば今日、澤野先輩を花火大会に誘うしかない。

「うぅ……」

悩ましそうだ。それもそうだろう。今日を逃すともう澤野先輩との接点はなくなる。かといって、今日誘うほどの心構えはできていない。

「でも今日言わないと、もうチャンスないですよ?」

「仮に……あたしがちゃんと言えるとするでしょ?」

「そこが壁ですけどね」

「言えたとして――もうすでに澤野先輩が他の誰かに誘われていたら……」

それは可能性としてはあった。

あまり考えたくなかったが、俺たちが澤野先輩を誘う算段を立てていた時にはすでに遅かったという可能性はあった。考えないようにしていたが。

「仕方ないです。どんな場合も考えられます。そうなったら、まだ夏は長いんですから、別のデートに誘うか、隣町の祭りを調べて誘うか、するしかないですね」

水着も買ったし、海に誘うことだってできる。デートがもうできないわけではない。

どちらにせよ、一番問題なのは、何もアクションを起こさないことだ。

次やれば、次がんばれば、と後送りにしていたらいつまでたってもチャンスはやってこない。

「まだ誰にも誘われていない前提で話しましょう――会長?」

「人、人、人……」

「緊張しますか？」

「う、うん。澤野先輩の前だとやっぱり……」

「俺の時は全然でしたのに」

「うぅ……いじわる」

「あ……いえ、冗談ですよ」

律花の瞳がうるうると潤んでいた。

そんなこと言うつもりなかったのに、つい俺は口に出してしまっていた。

(なに言ってんだ)

もやもやした何かが頭に張り付いているみたいだ。

俺は首を振ってそれを振り払う。

それより澤野先輩をデートに誘うことだ。

せっかくここまで準備して作戦を考えてきたのだから、やっぱり成功してほしい。反面、どこか失敗して俺が律花をなだめている場面が脳裏にちらつく。

そんな時だった。

「二人とも！　今日は大丈夫そうか？」

「っ」

俺たちのいる九番レジまでいつの間にか澤野先輩がやってきていた。手には指を濡《ぬ》らすスポンジを持っていた。

「俺は特に問題は――」

と横目で律花を見る。

「あ、澤野先輩……ど、どうも……」

視線を落とし、もじもじしている。どうやら澤野先輩を直視できていないようだ。

突然目の前にさっきまでシミュレーションしていた先輩が現れたのだから仕方ない。

だが進歩はしている。初日の時は一言も話せなかったが、今回はちゃんと自分から声を上げた。目線は合わせてないけど、テンパり方は落ち着いていると思う。

（一応、練習の成果はあるのかな）

まだまだ緊張は抜けてないが。

「ははっ、まだ緊張してるのか。まあ一か月くらいは仕方ないよな。有馬もしっかりサポートしてやってくれ」

「はい、任せてください」

「じゃあまた後でな」と澤野先輩は水道のあるサービスカウンター方向へと向かって行っ

た。

「あ、澤野先輩……行っちゃった……うぅ」

まだまだ前途多難だ。これ、今日中にちゃんと澤野先輩を誘えるのか……？

◇

それから客入りは夜の閉店近くまでなかなか減らなかった。

まだバイトに入ってから日の浅い律花は、レジ仕事を覚えるのに必死らしく、澤野先輩のことを意識から外しているようだ。

こうしてみるとやはり律花は優秀なのだと感心する。

まだ一週間くらいしか経《た》っていないのに、レジのサッカー業務はほぼ完璧に覚えてしまったのだから。

そして現在九時五分。俺と律花は閉店作業をしていた。

すでに出入口のシャッターは閉め切っており、フロアに客はいない。俺と律花は青果コーナーでキャベツやダイコンをケースに詰め込んでいた。

「意外とスーパーのバイトって覚えること多いんだね。レジ回りだけかと思った」

律花は一通り、冷蔵庫に入れる必要のある青果をケースに詰め込む。あとは冷蔵庫まで持っていくため、手押し台車の上にケースを置く。

律花は手の甲で額の汗をぬぐっていた。

「他ではどうか知らないですけど、うちは規模が小さいですからね。青果の後片付けとかシャッターとかは最後まで残るレジ係がやることになってます」

俺もケースを台車に置き、これで一通り、青果コーナーでの仕事は終わった。

「そういえば、フロアの照明ってどうするの？　初日の時はいつの間にか消えてたけど」

「ああ、あれはブレーカーがあるんですよ。この青果ケースを持っていく途中の廊下突き当たりですね」

「そこを落とすんだね」

「精肉とか鮮魚とかの照明も同時に落とせますからね。後で教えますよ。と言っても、配電盤開けたらちゃんと印とメモ書きがあるんで、どれ落とせばいいか一発でわかりますけど」

サービスカウンターにある懐中電灯を持っていかないと、フロアが真っ暗になって移動がままならなくなる。非常灯はあるので、完全な闇ではないが、初めてあの暗さを見たら驚くと思う。

俺が初めてブレーカーを落とした時、懐中電灯を忘れて、澤野先輩に助けてもらったことがある。苦い思い出だ。

「場所さえわかれば大丈夫そうだね」

「いえ、教えることあるんで、レジ金集計が終わってから教えますよ」

いつもの律花だ。青果の片づけの仕事を教えている時も思ったが、学校で会う時の律花と遜色ない働きぶりだ。

しかし同時に心配になってきた。

もしかして本題を忘れていないか？　今の律花はどこか余裕があるし、はきはきしている。

俺はわざとらしくせき込んで、

「……それで、この後大丈夫なんですか？」

「この後？」

律花はきょとんとしている。

「デートのことです」

その一言で律花の表情がみるみる内にカチコチになり、顔が徐々に赤くなっていった。

面白い。

「も、もう……あんまり意識しないようにしてたのに……」

本題を忘れていたわけではなかったようだ。仕事に集中していたのも、紛らわせるためだったらしい。

「おそらく先にレジ金を集計してると思います。むしろここで時間を消費したら一緒にいる時間が減りますよ」

「う……くぅ……」

鳩尾《みぞおち》に一発入れられたかのような声だ。

苦しそうな表情のまま律花は台車の取っ手を握りしめている。早く行かなければ誘えないけれど、心の準備ができていない。

俺が律花の立場なら、逃げ出したくなる。

「わ、わかった、がんばる」

律花は決意したのか、台車の取っ手をぐっと握りしめ、冷蔵庫へと押していく。俺が持っていく分の台車も代わりに持っていってくれた。

「じゃあ、行きますよ」

「う、うん」

俺が先導して、律花がついてくる。「人、人、人……」と手のひらに書きながら呪詛《じゅそ》を唱えている。後ろでそれをやられると怖い。

サービスカウンター脇の階段から二階に上がり、事務室まで廊下を歩く。

ノックせずにそのまま事務室に入る。

「お、有馬、夏木瀬《なつきせ》。青果は大丈夫か？」

「はい、一通りしまってきました」

事務室はいたってシンプルだ。室内はそれほど大きくない。レジ金や釣銭などを入れる大型金庫と、部屋の中央には職員の事務机が五つある。

それ以外には壁際《かべぎわ》に二人掛けの長テーブルがある。そこでレジ金を数えるのだが、現在澤野先輩が使っている。長テーブルの前にはパイプ椅子が二つあって、レジ係はそこに座って数える。

澤野先輩の集計は思ったよりも早い。もうほとんど終わりかけていた。これから俺のレジのお金を数えるのだが、これではほとんど会話せずに澤野先輩が着替えに行ってしまうかもしれない。

「夏木瀬、仕事覚えるの大変だろ？　青果とか他のスタッフがやってくれって思うよな」

気さくに澤野先輩が話しかけてくれる。まだ緊張している律花への配慮だろう。だが対して律花は、

「で、ですね。あた、あたしたちがやる、やるのかなって」

「ははっ、まだ緊張してるのか？　もう業務終わったぞ」

そういう意味じゃないんです。なんて伝わらないだろう。

「澤野先輩、もう集計って終わりそうですか？」

「おお、もう後は誤差を書くくらいだな」

「じゃあ会長——夏木瀬先輩にレジ金集計のやり方教えてあげてくれませんか？」

苦肉の策。

ここに澤野先輩をとどまらせるための、仕方のないことだ。律花が俺を見て口パクで『ええ⁉』と驚いた顔をしていた。

「構わんけど、俺より有馬の方が教えるのうまくないか？」

「最近は俺ばかり新人の指導やってたんで、先輩もお願いします」

一人にだけ背負わせるのも不公平——この理由なら納得するだろう。

「悪い悪い。そうだよな、じゃあできる限り、教えてみるよ」

「じゃあ、会長、椅子に座って——会長？」

隣で石像と化していた律花を揺すると、ぴくっと反応した。

「椅子に座るんだ⁉」

「そんなに驚くとこ？」

立ってやってどうする。

「よ、よろしくお願いします……」

椅子に座った律花はマネキンみたいに関節を動かし、ぺこりと会釈《えしゃく》をする。澤野先輩の前だと本当に緊張してるな、と思う。一昨日《おととい》俺と模擬デートに行った時とは別人のような緊張っぷりだ。

俺は釣銭とお札が入った袋を律花の前に置く。

「夏木瀬はサッカー業務しかやったことないんだよな？」

「は……は、はい」

「まあこれから一人でレジに入ったら集計すると思うから、なんとなくやり方を覚えといてくれ。またいつかちゃんと教えてもらえるはずだからな」

「ふ、ふあい」

大丈夫か？　さっきまでカチコチだったのに、今度は湯上がりみたいにぽわぽわしている。

――さて、俺はただ眺めているわけにはいかない。

澤野先輩と律花がお札を数え出したところで俺は口を開いた。

「そういえば、俺たちの学校は夏休みに入りましたよ。澤野先輩の大学はどうなんですか？」

「そうなのか？　俺のとこも似たようなもんだよ。来週から入る」

切り口として正解かどうかわからないが、とにかく花火大会の話に持っていかなければならない。

目的は自然な流れで律花が澤野先輩を花火大会に誘うこと——まずはその話に持っていかなければ。

「来週っていえば、河川敷《かせんじき》沿いで花火大会があるじゃないですか」

「ああ、もうそんな時期か。去年は友達と行ったなぁ、結構花火が近くてビビった覚えがあるよ。今年はどうすっかなぁ」

これは嬉《うれ》しい誤算。

澤野先輩はまだ誰とも予定が入っていない。俺がすべき仕事はあと一つ、速やかに退散して律花が誘いやすい状況を作るだけだ。

「あ、俺、フロアに忘れ物——ちょっと取りに行ってきますね」

会長、あとは頼みます、と俺は律花にアイコンタクト。こくこく、と頷《うなず》く律花。ちゃんと察してくれたようだ。後は計画通りに事が進むのを待つだけ。

俺は事務室を出て、廊下を少し早足で走る。ちょっと行ったところで、止まる。実際忘れ物したわけではないから、二、三分したら戻ればいい。

――これから律花は澤野先輩をデートに誘う。

（成功……するだろうな）

しっかりと一言『二人で花火大会に行きませんか？』と言えば、まず間違いなく成功する。すでに予定が入っていたという懸念《けねん》事項はなくなった。おそらく彼女もいない、いたら誘われているはずだ。

（けどなんでだろ）

まだ……胸に靄《もや》がかかっている。成功してほしいのに――どこか反対のことを思っている自分がいる。成功するためにここまでやってきた。

それは最初からわかっていたことだ。俺のこのもやもやは一体なんだ？

（……いや、今は）

俺は首を振る。

一番いやなのは、律花が悲しむこと。この後失敗して、泣くところなんて見たくない。

やっぱり成功してほしい。

（緊張してきた……）

どちらに転ぶにしても、結果はここでわかる。緊張からか、喉が渇いてきた。

俺は少し廊下を戻って、男子更衣室へと入った。俺のバッグを入れているロッカーを開け、中から水筒を取り出す。

一口飲んで、あと一分したら戻ろう——。

そう思っていた時だった。バタン！　と事務室の扉が開け放たれたような音がしたと思ったら、誰かが廊下を走っていく足音が続いた。

一階フロアに下りて行くのだろうか？　俺は水筒をロッカーに戻して、廊下に戻る。きょろきょろと見回しても誰もいない。

花火大会に誘うのは成功したのだろうか。事務室の扉を開けた。

「あれ？　澤野先輩だけ？」

律花がいない。さっき飛び出したのは律花だったのか。何があった？

「おお、有馬。忘れ物はいいのか？」

澤野先輩の口調はいつも通りだ。これでは誘えたのか失敗したのかわからない。

「会長は？」

「夏木瀬なら、一階フロアの電気切ってくるって、さっき下りて行ったぞ。有馬、もう教えたのか？」

「ええ、青果の後片付けの時に配電盤の位置とやり方だけ。そういえばレジ金集計は教え終わったんですか？」

「いや、まだ。普通に話してたら、いきなり思い出したかのように電気消しに行ったんだよな」

（もしかしてまだ言えてない？）

恥ずかしくなって、逃げてしまったのだろうか。これは、まずい方向へ舵《かじ》を切ってしまったかもしれない。

とにかく、律花が戻ってくるのを待とう。彼女だってこのままではいけないことくらいわかっているはずだ。クールダウンしてから帰ってくるに違いない。

「…………」

「…………」

遅い。もう五分経《た》つ。

まだ落ち着ききれてないのか、ブレーカーを落とすのに手間取っているのか、わからない。まさか恥ずかしくて戻れないのか。

心配していると、澤野先輩が思い出したように言った。

「なあ、有馬。懐中電灯のこと教えたのか？」

「……あっ」

レジ金集計後に教えるつもりだったから、それについては言及していない。律花にも後で教えるとだけしか言ってない。

「俺、ちょっと見てきます！」

懐中電灯なしで電源を切るのは危険だ。俺も体験したからわかる。

完全な暗闇の廊下では一度電源を切ってしまうと、配電盤のスイッチが全くわからなくなる。手探りで切り替えようにも、切ってはいけないスイッチもある。それを怖《おそ》れて切り替えられず、右往左往しているかもしれない。

一階フロアに下りると、案の定すでに真っ暗闇になっていた。

暗い、ほとんど見えない。今から更衣室に行ってスマホを取ってきてもいいが、サービスカウンターくらいなら、手探りでわかる。

手を前に突き出して、ゆっくりと前進する。テーブル。おそらくサービスカウンターだ。

そこから俺はサービスカウンターを伝っていって、カウンター裏の引き出しから懐中電灯を取り出した。

「よし」

一年勤めていた経験がなければ、わからなかっただろう。

懐中電灯を点《つ》け、俺はフロアを走る。さすがに暗い。非常灯があるとはいえ、懐中電灯がなければ棚にぶつかるのは必至だったろう。

律花は見えないまま手探りで戻ってきているのではないか。そんな妄想が頭をよぎる。

「会長！　いますか⁉」

フロアに響き渡る声で叫ぶ。──返事はない。まだ青果コーナー近くの廊下にいるのか。

レジの隣を突っ切り、お菓子コーナー、パンコーナーの棚を横目にフロアを走る。

そして青果コーナーに着き、バックヤードの扉を開ける。突き当たりに誰かいる。

「有馬くん？」

懐中電灯を向ける。律花だった。暗くなって勝手がわからなかったのか、その場に立ち尽くしていた。

「会長、大丈夫ですか？　ケガしたりとかしてません？」

「うん、大丈夫……」

そんなに暗闇が怖かったのか。俯《うつむ》いたままいつもより元気がないように見える。

「さあ帰りますよ。まだ先輩いるかな、いてくれないと──って、会長？」

きゅ……と律花が俺の袖を摑《つか》んだ。俯いたまま微動だにしない。

「どうしたんですか？　暗所恐怖症でも発症しましたか？」

「戻れないよ。やっぱりあたし、ダメだよ……怖いよ……」

ここでへたり込んでいた理由はそれか。

「せっかく有馬くんといろいろ練習したのに……全部無駄になっちゃった」

「もう一回チャレンジしたらいいじゃないですか。一回逃げたくらい――」

「ダメだよ、もう……」弱々しく「こんなあたしじゃダメだよ……」と律花は呟《つぶや》く。

俺は初めて公園で弱音を吐いた律花を思い出した。ボロボロで今にも崩れて消えてしまいそうだ。

気持ちはわかる。俺も自分に自信がない。何でも正しいと思って行動することなんてできない。いつもどこか失敗したら、俺なんか、という気持ちが強い。

だからこそ、俺は学校での律花に憧れた。

でも。

「この世に完璧な人間なんていませんよ」

俺の真理だ。

俺はつい最近まで律花を完璧な人間だと思っていた。何をしても、何をやらせても誰よりも完璧にこなし、欠点のない――まるで完全無欠の主人公だと。

「……」

律花は何も言わない。

俺の言いたい意図は伝わるだろうか。

「あの……つまりですね」

こういう時、なんて言えばいいだろう。端的に言うなら――。

「今の会長の方が俺は好きですよ」

「え？　好きって……」

あっ違う。

「そ、そうじゃないです！　そういうんじゃなくて、ええっと――とにかく、もう一回、伝えてみようって話です」

俺も逃げ出したくなった。変なことを口走ってしまって、顔が熱い。

律花は俺の袖から手を離し、一歩前に進んだ。「ふふっ、後輩に慰められてちゃ、ダメだよね」

「すみません……」

そう言うと、律花は頬をほころばせ、

「ううん、ごめんね、気を遣わせて。確かに一つや二つ、失敗してもずっと逃げてちゃダメだよね」

手でお尻についた埃《ほこり》を払い、律花は前を向く。

「ごめん、元気出たよ。もう一回やってみる」

元気が出てくれてよかった。

「ラストチャンスですよ。がんばってください」

「ええ、だから有馬くんも一緒にいてくれない？」

「え、でも……」

「その方が勇気が出ると思うし……」

律花は反論を待たずに、俺の手を引いて「ほら来て」と引っ張っていった。

花火大会に誘えないよりはマシか。澤野先輩に『じゃあ有馬も』と言われたら、その時は何かと理由を付けて断ればいいんだし。

律花の前を懐中電灯で照らしながら、フロアを進んでいく。

「有馬くん、ごめんね」

「会長が謝ることないですよ。ちゃんと誘えたら、あの公園で打ち上げしましょう」

「うん」

前を向いているから律花の表情は窺《うかが》い知れないが、きっと晴れ晴れとした表情をしているのだろう。律花の握った手が少し熱い。緊張しているのか少し汗ばんでいるように感じる。

俺たちはサービスカウンターに懐中電灯を戻した後、二階への階段を上っていく。

「会長、手」

「え……」

手を繋《つな》いだまま澤野先輩に会うわけにはいかない。変な誤解をされてしまう。

「あ、ごめんね」と律花は手を離す。

階段を上り切り、事務室への廊下に出ると、部屋の前で澤野先輩が待っていた。

「夏木瀬！　大丈夫だったか？」

「澤野先輩……ごめんなさい。途中で抜け出したりして……」

「いや、それはいいんだけど、結構暗かっただろ？　フロアはいいんだけど、青果コーナー前の廊下はマジでなんにも見えないからな」

よかった、と澤野先輩も胸を撫《な》で下ろす。

「あの、レジ金は……？」

「終わらせておいたよ。何もしないで待つのも嫌だったし」

と澤野先輩は言った。

俺は律花にアイコンタクトをすると、律花はうんと頷《うなず》いた。

「あの、澤野先輩……。こんな時に変かもしれないですけど」

「ん？　なんだ？」

すぅ、と息を吸い律花は言葉を発した。

「来週の花火大会、一緒に行きませんか？」

言えた。今度は噛《か》まずにいつも通りに。

（これでいい）

律花と澤野先輩はお似合いの関係になるはずだ。これが成功すれば、今後、俺と律花は一緒に街に出かけることも屋上で弁当を食べることもない。寂しいといえば寂しいが、仕方ないことだ。

「おお、いいな花火大会、行こうぜ」

澤野先輩の言葉を聞いて俺はふぅと息を吐く。

（俺の役目は終わったかな）

俺が安心していると、続けて律花はとんでもないことを言った。

「その……有馬くんもど、どうかな」

「え……は？　俺も？」

なんで律花自ら俺を誘う？　律花の表情をよく見ると、目が泳いで顔が赤くなっている。

明らかにテンパっているのがわかる。

（もしかして恥ずかしくてつい口走っちゃったのか⁉）

突然のことで面食《めんく》らってしまう。

それでは二人きりで花火という目標が達成できない。慌てて否定しようとするが――。

「いいなそれ！　有馬も行こうぜ。その日バイト入ってなかったろ？」

「え、まあ……って」

「せっかくだから歓迎会も込めて三人で行こうぜ。俺その日めちゃくちゃヒマだったんだよなぁ。駅前集合でいいよな？」

澤野先輩に乗せられてどんどん決められてしまう。けど確かにバイトは入ってないし、他に予定もない。

律花も乗せられてしまったのか「はい、駅前でいいです……」ともじもじしながらも了承してしまっている。ダメだ。

「あの、その日は俺――」

「何か予定あるのか？　せっかく歓迎会をしようと思ったんだけどな」

ううう、断りづらい。

「いや、予定はないですけど……」

「じゃあオッケーだな、駅前集合で花火の時間より一時間くらい早く集合したいし――」

だんだんと律花たちの会話で予定が埋まっていく。

どこかで口を挟もうにも、次々と話が決まってしまうし、律花は上がってしまってまともに口が挟めないようだ。

結局、俺は乗せられるがまま、花火大会に同行することになってしまった。

◇

「えっと、これ……」

ブランコに座る俺に律花は自販機から買ってきたカフェオレを手渡してくれた。

「あ、ありがとうございます……」

俺の好物のカフェオレ。

俺は手渡されたカフェオレを一口飲む。俺の隣では律花もブランコに座って、ほうじ茶を飲んでいた。

(気まずい……)

バイトが終わり、澤野先輩と別れてから、俺と律花はいつもの公園に来ていた。目的は今日の反省会だ。言うまでもないが。

律花も冷静さは戻ってきているらしく、ほうじ茶に口を付けながら、一言も話そうとしない。二人きりのデートのはずが、俺も加わることになるという異常事態に陥ったのだから、そうなるのも必然か。

このまま沈黙するのも耐えられない。俺は口を開く。

「会長……」

「ごめん！」

ペットボトルを脇に挟み、律花は両手を顔の前に合わせた。

「いや……仕方ないと思いますよ。澤野先輩ってちょっと強引なところありますから」

「でも、せっかくいろいろしてくれたのに……あんなことになって」

その場の勢いで決められたことだし、律花のせいじゃない。どちらかというと否定しきれなかった俺のせいでもある。

「仕方ないですよ。こうなったら俺も行きます。別にデメリットばかりじゃないですし」

「え？　そうなの？」

「例えば、会長がなにか失敗してもすぐ近くでフォローはしてあげられます」

「おお」

「それにいざいいシチュエーションになったら、俺だけ何か理由をつけて帰ればいいし、まだまだチャンスはありますよ」

結果として完全にデートが流れたわけじゃない。二人きりというのは無理だったが、花火大会という最終目的地で二人になれればいい。

「そうだね——でもやっぱり巻き込んじゃってごめん。あたしが悪いと思うし……」

「気にしなくても大丈夫ですよ。終わったわけじゃないですし。巻き込んだなんて思わないでください。こうなったら俺も祭りを全力で楽しむ所存ですから」

一人だけ浮いて空気を悪くするのもいけないし、俺も楽しむことで結果的に律花と澤野先輩も仲良く話せるだろう。

「そう言ってくれてありがとう」

「会長は会長で俺ばっかり気にしても仕方ないですよ」

これは律花のためにやっていることだ。

迷いはしたが、俺は律花のために動くって決めたのだ。それに偽りはない。

「あたしね……」

ぽつりと、律花は呟《つぶや》きを漏らす。

俺は何も言わず、言葉の続きを待った。

「澤野先輩に憧れてた。生徒会に入ってからかな……澤野先輩みたいな生徒会長になりたいって思ってた」

ほうじ茶をくいっと飲んでから、律花は続けて口を開いた。

「あたし、中学の時まで全然自分に自信が持てなかったの。何をしても失敗するんじゃないか、とか、本当に自分のやってることは正しいのか、ってそればかり考えて——まあ言ってしまえばすっごい心配性だったし、緊張しっぱなしだった」

今の律花とは対極だ。

学校での律花は生徒会長としてみんなの前に立つし、先導してきた。終業式の時、騒がしかった全校生徒をまとめあげたあの姿は、自信に満ち溢《あふ》れていたように見えた。

「でも高校で澤野先輩に会って、言われたの。『人はみんなそうだ』って、あたしだけじゃない。自分の選択に不安を覚えることはあるって」

律花も俺と同じように失敗するし、緊張もする。恋に悩むし、逃げ出したりする。

——この世に完璧な人間なんていませんよ。

さっき暗闇の中、律花に告げた言葉を俺は頭の中で反芻《はんすう》した。

「澤野先輩に言われて、自分に不安になっても開き直ることにしたら、案外気にならなくなったんだ」

「気にならなく？」

「あたしの悩みなんて些末《さまつ》なことだって。モデルとか生徒会とかやっている内に誰だってそんな悩みを持っていて、でも前に進んでいるんだってわかった」

「……」

俺は初めて生徒会に入って律花に憧れた時——律花は悩みなんてない人だと思っていた。

それは間違いだった。

学校では完璧に振る舞う彼女にも悩みはあるし、失敗もする。ここ最近、俺はそれを痛感させられた。

「実際はみんな自信があるように見えるだけ。みんな、内心、自分の選択が正しいのか不安で不安で仕方ない——そう思っていたら自然と自信がついてきた。人前に出るのだって緊張しなくなった」

「終業式の時、先生に代わって全校生徒を静めた時もですか？」

今日の出来事だから鮮明に覚えている。

あの時の律花は不安なんて一切感じさせなかった。自信満々にマイクを持ち、騒がしい生徒たちを静めていた。

律花は乾いた笑みを浮かべ、

「それでもやっぱり不安はあるけどね」と律花はブランコを勢いよく漕《こ》ぐ。「澤野先輩は結局、今のあたしを見ずに卒業しちゃった。だから次に会ったらお礼が言いたかったし、見てもらいたかった――それだけだったんだよ」

「会長……」

以前、律花はこの公園で澤野先輩への想《おも》いを語っていた。

その時、律花は澤野先輩の前だと緊張すると言っていた。その気持ちが何なのかわからない、と。

(それって、恋なんじゃないのか？)

確信はないけど、そう思えてしまう。

律花は澤野先輩が好きなんだ。それに気づいていないだけで……。

きっとその想いも澤野先輩とデートすることで気づく。

律花と澤野先輩。二人のことを思うと、胸の奥に杭《くい》のようなものが突き刺さったような痛みに襲われる。

そんなの妬みだ。そうに違いない。

きっと彼女ができない俺が律花と澤野先輩の仲を妬んでいるだけだ。本当の俺は二人の仲の進展を望んでいる。

「さっき、有馬くんがあたしを捜しに来た時、完璧な人間なんてこの世にはいないって言ってくれたでしょ？」

「え……はい」

「すごく勇気づけられた……ありがとね、有馬くん」

「礼なんて言われるようなこと――」

「そんなことないよ。もしあの時諦めちゃってたら、今頃この公園で泣いてたのかなって」

それはそうかもしれない。

（公園で泣く……）

そういえば、昔ここで――。

「俺、小さい頃、この公園に遊びに来てたって言ったじゃないですか」

「言ってたね」

「公園で泣くって言われて、思い出したんですけど、幼稚園くらいの時、俺がここに座ってたら、泣きながらこっちに来た子がいたんですよ」

「へぇ？　どんな子？」

律花が身を乗り出してきた。

詳しくは覚えていない。自分と同じくらいの年の子だった。髪はショートカットだったけど、男の子か女の子かさえ記憶が薄い。

「すごいわんわん泣いてて、でも俺の前だし無視できなくて」

泣いていることが印象的だった。俺がなんとかしないと泣き止《や》まないってくらいに。

「それから？」

「もうだいぶ前ですから忘れちゃいましたよ。けど、その後泣き止んで、俺とその子とその子の友達の三人で砂場でおっきな城を作って――」

過程は覚えていない。友達とケンカしたから泣いていたのだったか。結局、砂場で三人で遊んだのだ。

こんなことを覚えていたのは、俺の前で初めてあんな大泣きする知らない子を見てびっくりしたからだ。それから幼稚園の友達以外と初めて外で遊んだことも印象的だった。

――なんて思い出に浸っていて、なんだかこっ恥ずかしくなった。

「あ、もう時間が――もっと花火大会のプラン練りたかったんですけど」

スマホの時計に目を落とすと、もう夜遅い時間になっていた。

「ううん、大丈夫だよ。当日までまだ時間あるし――よっ、と」

ブランコをぴょんと飛び降りた。

「来週はよろしくね。何かあったら連絡するしっ」

「ですね。多分当日まで何もないと思いますけど――」

一応集合場所とか、どこ回るとか……澤野先輩にも連絡して情報を共有しておく必要がある。

「来週のデート、よろしく頼むね、有馬くん」

「……はい」

律花の浮かべる柔和な笑みに、俺は小さく返事をした。

※

自転車に乗って、自宅へと帰っていく有馬くんの背中を、あたしは見つめていた。

さっきの有馬くんの話を頭の中で反芻する。

「……もしかして」

あたしの中で疑問が膨らんでいった。

四章　花火大会と気づいたモノ

律花《りっか》が澤野《さわの》先輩を花火大会に誘ってから一週間が過ぎた。

今日は花火大会当日だ。花火が始まるのは夜八時。出店などを回る時間を鑑《かんが》みて、俺たちは夜七時に駅前で待ち合わせることになっていた。

俺は自転車を駐輪場に置いてきてから、待ち合わせ場所である駅前噴水広場に来ていた。

心なしか人が多い。周囲を見ると、ちらほらと浴衣《ゆかた》姿の若者が行き交っている。おそらくあの人たちも花火大会へ行くのだろう。しかもカップルだったり、四、五人のグループだったりする。

そういえば去年も似たような感じだった。一人で来たので疎外感を感じて、適当に花火を見て帰ったような覚えがある。楽しくなかったという思いだけが出てきて、詳しくは覚えていないが、もう一人では来ないぞと誓った覚えがある。

現在六時四十五分。人通りも徐々に増えてくるだろう。今でも多いが、あと三十分もすれば会場までの道のりは人でごった返すだろう。

「お母さん、お母さん、あっ！」

「あら！　大丈夫？　しょうくん」

短パンを穿《は》いた子供が俺の目の前で転んだ。慌てて駆け寄った母親らしき人が、土で汚れた服をハンカチで拭いていた。どうやらケガはしていないようだ。

「ハンカチか……」

今のうちにもう一度、確認したい。俺は肩掛けバッグを開く。

（ちゃんと持ってきてるな……）

消毒液にシミ抜きに水筒、ウェットティッシュ……などなど。不測の事態に陥った時のためのケア用品はできるだけ持ってきた。

バッグを確認してから、俺はスマホを開く。周囲の地図をチェックしておきたい。規模の大きな祭りだから道路が一部規制されていたりする。

前回、律花と予習デートした際、事前準備することは大切だと学んだ。

とその時だった。

「お待たせ、有馬《ありま》くん」

ふいに声をかけられた。顔を上げると、予想した通りの人物が目の前で手を振っていた。

「おお……」

現れた律花の姿を見て一瞬言葉を失ってしまった。

「似合ってる？」

「すごい……似合ってますよ」

「ありがと、ちゃんと有馬くんの指定通りの浴衣だよ？」

俺の前に現れた律花は浴衣姿だった。律花に似合う明るい花柄の浴衣に、手提げの巾着に、浴衣に似合うサンダル——全てが律花に似合っていた。

確かに俺は律花の部屋で浴衣がいい、と言った覚えがある。

けどそう言ったのは一週間以上前だったから、ふいを打たれた。完全に浴衣で来ることを忘れていた。

「こっちもちゃんとしてくればよかった……」

俺は若干後悔した。ダサいワイシャツしか着て来なかった。

「そんなことないよ。有馬くんも似合ってるって」

「お世辞でもモデルに言われたら嬉《うれ》しいですね」

と俺はちらっとスマホの時間を見る。

「それにしても、会長。来るの早かったですね。まだ十五分前ですよ？」

「あたしが誘ったのに遅れるわけにはいかないじゃん？　それを言うなら有馬くんの方が

早いよ」

「あんまり遅れてきたら気まずいですから」

「あはは、なんかわかる！　別に誰かが遅れてきても気にしないのにね！」

「自分は遅れたらなんか気まずいですよね」

とお互い笑い合う。

「待ってる間に調べたんですが、あの公園まで会場に入ってるらしいです」

と俺はスマホを取り出してもう一度、地図表示を確かめた。

「どれどれ、結構、広い範囲でやってるんだね」

「っ」

横からひょこっと律花がスマホを覗《のぞ》き込んできた。近い。ふんわりと甘いシャンプーの匂いが俺の鼻腔《びこう》をくすぐってきた。

慌てて離れ、

「ま、まあ近いですから、あの公園から河川敷《かせんじき》まで。もしかすると公園から住宅越しに花火が見えるかもしれませんねっ」

相変わらず距離感のつかめない人だ。こんなところ澤野先輩に見られたら誤解されてしまうかも――。

「悪い悪い！　遅れた！」

「っ⁉」

離れたところから人混みを縫って澤野先輩が駆け寄ってきた。

その声を聴いて緊張したのか、律花が背筋をピンとさせていた。

「だ、大丈夫ですよ、澤野先輩。ま、まだ三分前ですから」

焦《あせ》って声が裏返りそうになった。やっぱり不自然だったのか、「どうした、有馬？」と澤野先輩に疑問を持たれてしまった。

「そ、それより、先輩バイクは？　歩いてきたんですか？」

「え、いやバイクだよバイク。いやー、駐《と》めるとこなくてな、あちこち探し回ってた」

「あー、祭りですからね。どこもいっぱいですよ」

走っていたみたいで澤野先輩は少し息が切れていた。

バイトで着てくるような私服だった。涼しそうな半袖に落ち着いた色のジーパン。元々整った顔立ちを加えると、男の俺から見ても惚《ほ》れてしまいそうなカッコよさを醸《かも》し出していた。

「おっ、夏木瀬《なつきせ》は浴衣か」

澤野先輩の視線が律花に注がれる。律花はもじもじしながら、

「に、似合ってます……？」

「似合ってる似合ってる！　大型バイクじゃなきゃ俺も着てきたんだけどなぁ」

えへへ、と律花は俯《うつむ》きながらニヤニヤしている。これは好印象を与えられたか。

「とりあえず、会場まで行きましょうか」

最初の印象はばっちりだった。俺の選択が正解でよかった。

先導する俺の後ろでは澤野先輩と律花が並んで歩いている。何か二人で話をしながら、俺についてくる。

澤野先輩の一言に律花が驚いたり、笑ったりしている。

なんだ、思ったより普通に話せているじゃないか。これなら俺のサポートがなくてもデートに成功するのではないか。

このために、今まで緊張を解くためにデートをしたり、手を繋《つな》いだり、屋上で昼ご飯を食べたりしたのだ、ちゃんと成果が出たようでよかった。

(澤野先輩はそんな努力知らないんだろうな)

俺は今回限りのサポート役で、花火が打ち上がる前にいなくなる役だ。

俺はそれでいい。それで律花が笑うなら、それで満足だ。

――大丈夫。

このデートは絶対成功するから。

◇

会場である河川敷まで約五分。道中、交通規制のため歩行者天国になっており、人通りがいつもの倍以上もあった。

人の波に乗って、俺たちは河川敷沿いにたどり着く。

土手の上に立って会場を見回してみる。普段は散歩コースにもなっている河川敷沿いには現在、出店が立ち並んでいる。街灯だけでなく、臨時の明かりが設置されていて、出店周辺は昼並みの明るさが確保できている。

肝心の出店だが、ホットドッグ、たこ焼き、綿あめ、ベビーカステラ――食べ物関連の出店が多いようだ。

それにここまでおいしそうな匂いが漂ってくる。お腹《なか》が減ってきた。

「わぁ、すごい……初めてこんな光景見た……」

隣では律花が目を輝かせていた。そういえばこういう花火大会に来るのは初めてだと言っていた。

童心に戻った律花の表情を見られただけで、なんだか俺は一緒に来られてよかったと思ってしまう。

「ははっ、夏木瀬は初めてか、こういうの」

「はい、お祭りとか興味はあったんですけど、一緒に来る友達がいなくて……」

「じゃあ今日は貴重な初体験だな。俺も子供の頃、初めて祭りの出店回った時ははしゃぎすぎて迷子になった」

「澤野先輩も迷子になるんですね、意外……」

「さすがに大学生にもなって迷子はないけどな。今だったらスマホもあるし」

地図アプリを使えば迷子になる方が難しい。子供の頃はスマホがないこともあり、迷子になったら合流するのが大変だった。

「高校生が迷子センターにお世話になったらニュースになりますね、会長」

「あたし、結構心配されてる？」

まあ大丈夫だと思うが……。

「スマホ、実は家に忘れてましたってことはないですよね」

「大丈夫！　持ってきてるよ。花火の時、気が散らないように消音モードにして準備万端！」

　ほら、と充電済みの携帯電話を俺に見せてくる。

「あ、カメの壁紙……」

　デフォルメされたカメが手を振っている写真だ。律花の部屋にもあったカメと同じ種類だ。

「えへへ、カワイイでしょ？　他にもあるよ、ほら」

「めちゃくちゃ収集してますね」

　そんなに好きなのか、カメ。

　と俺たちが妙な話題で盛り上がっていると、

「ほらほら、イチャイチャしてないで早く行くぞ。お二人さん」

「「してないですって」」

　見事にハモってしまい、俺たちは同時に口を押さえる。その姿がツボに入ったのか、澤野先輩は「ははは」と豪快に笑い飛ばしながら、土手の階段を下りて行く。

「……有馬くん、こんな雰囲気で大丈夫かな？」

「……心配ですね。あんまり俺たち会話しない方がいいかも」

　本当に誤解されて『夏木瀬って有馬のこと好きなんだろ』と言われてしまったら、最悪だ。デート成功だなんて言えなくなる。律花の望むところではないだろう。

「それで有馬くん、どうしよっか、これから」

前を歩く澤野先輩の様子を見ながら、律花はひそひそと俺に耳打ちする。

俺も澤野先輩に聞こえないように、声を潜めて、

「とりあえず出店を回りましょう。会長の部屋で話した『お一ついかが作戦』です。たこ焼きがあるんで、それを買いましょう」

お一ついかが作戦——作戦名は今決めた。要するにたこ焼きを一パック買って、おすそ分けする作戦だ。

「さりげなく、だよね。その後はどうするの？」

「その後は、花火が打ちあがる直前くらいに機を見て俺が『用事を思い出した』とか言って立ち去ります。花火が上がって気分が盛り上がるはずです」

「本当に大丈夫かな……」

心配せずともちゃんとケアを考えてある。

「いなくなるって言っても、陰ながらサポートはします。見える範囲で待機してます。大丈夫です。いつもの会長らしくいきましょう」

「わ、わかった」

会話が終わり次第、俺はスッと離れる。ボディランゲージで律花に澤野先輩とくっつくように指示する。こくこくと頷《うなず》いてから律花は澤野先輩の隣を歩く。

しばらくは大丈夫だろう。今日の律花は初めてバイトに入った時みたいにテンパっていない。俺から見て、多少緊張しているようだが、会話は成立している。

土手を下りた俺たちは人通りが多い出店の通りに出る。

これは確かに迷子になりそうだ。

前を歩く澤野先輩と律花の後頭部がギリギリ人混みに紛れて見えるが、ちょっと目を離すと、置いて行かれそうだ。

俺が迷子になったりしたら、計画も何もあったものじゃない。

「いやぁ、多いなぁ人。有馬たちはなんか見たい店とかあるか?」

「金魚すくいやりたい!」

きらきらと目を輝かせ、律花はパッと手を上げる。

(いやいや、計画はどうした⁉)

さっきたこ焼きの話したよね。

「おお、金魚すくいか。祭りっていったらそれだよな」

澤野先輩も金魚すくいにノリノリのようだ。ここでたこ焼きの話をしても、流れを断つだけでいいことはない。

(でもまあいいか)

律花はお祭りごとには来たことがないと前に言っていた。当然、出店の金魚すくいなんてしたことがないだろうし、知識の中でしか知らないことだろう。

それに律花が楽しくいつも通り振る舞えるならそれはそれで成功なのだし。

「いいですね。俺も久々にやりたいです」

「じゃあ勝負すっか？　多くすくえた方の勝ちな」

ほどなくして金魚すくいの屋台を見つけた。広い水槽の前に数人の子供たちが懸命に金魚をすくっていた。

俺、律花、澤野先輩の順に子供たちの横に座る。

白いTシャツを着た屋台のおっちゃんに俺たちは百円ずつ渡して、代わりにポイを受け取った。

「俺もポイ握ったのは久しぶりだなぁ。有馬はいつ振りだ？」

「小学生以来……だと思います。親に連れられてきた祭りでした記憶がありますし」

「俺もそんくらい。大人になってくると食べるもんばっかだよな」

あはは、と俺は苦笑いする。なんだかわかる。出店を見て回るのは楽しいが実際、遊ぶかどうかと言われるとなかなか手が出ない。手が出るのは食べ物ばかりだ。

「会長はどう――って」

「うー……ほっ、はっ、ほうっ！」

ポイを巧みに動かして水面下を泳ぐ金魚にアタックを仕掛けていた。俺の声は聞こえてないのかすごい集中力だ。けど全然すくえてない。

「やる気だなぁ！　俺も負けてられねぇ」

闘争本能に火が点《つ》いたのか、澤野先輩もやる気になっていた。

（まあお互い楽しんでるならいいか）

俺も水面に向かい合う。ポイを水面に浸して、キュッと腕をひねる。

「あっ」

まさかの一発でポイが破れた。「あー残念だね、兄ちゃん」とおっちゃんにポイを回収された。

「俺こんなに下手だったのか……」

はぁ、とため息を吐《つ》いてると隣でも律花が「あーっ！　穴あいた！」とどうやら終わったらしい。

「会長、すくえました？」

「全然。意外と繊細なんだね、ポイって」

「俺なんか一発で破れましたよ——って。会長、袂《たもと》が」

激しくポイを振り回して気づかなかったのか、浴衣《ゆかた》の一部が水槽に浸っていたようだ。

「あっ、どうしよ」

「ハンカチ持ってきてるんで。ちょっとじっとしててください」

俺はバッグからハンカチを取り出して、律花の浴衣に当てた。左手で袂を握って右手に持ったハンカチでポンポンと叩《たた》くように水分を吸い取る。

「あーっ！　破れちった。んっ？　有馬、何してんだ？」

「会長、袂が濡《ぬ》れちゃったらしくて」

ポンポンと水分を取りながらそう答えると、

「なんだ、二人でいちゃいちゃして何してんのかと思った」

「っ！」

いやこれは不可抗力だろう。袂なんて自分では拭きにくいし、会長だって大事な浴衣を汚したくないだろうし。

「茶化さないでくださいよ」

と俺が反論すると、すまんすまん、と澤野先輩が笑う。悪気はないだろうが、律花は困

った顔をしていた。

「あ、ありがと有馬くん。もう大丈夫だと思う」

「そうですね」

長いこと拭き続けていると、また澤野先輩に茶化されてしまう。

俺たちは立ち上がり、

「そろそろ次行きましょうか、どうします？」

と俺は二人に話を振った。

澤野先輩は「うーん」と首をひねり、「俺は別にどこでもいいけど」

「そうですね俺も特に——会長は？」

「えっ、じゃあ……たこ焼きとか食べたいかなって」

たこ焼き。

イイ感じだ。自然な流れでたこ焼き屋に誘導できる。「おお、そうか。ちょうどそこにあるな」と澤野先輩が先にたこ焼き屋を見つけ、俺たちは後について行く。

店の前は混みあっておらず、すんなりと店先まで来られた。

バンダナをした中年の店主が鉄板の上でたこ焼きを回す。ジュゥと音が鳴るのと同時に、香ばしい匂いと煙が立ち上る。ヤバい、無条件で涎《よだれ》が出そうだ。

どうやらそう思ったのは俺だけじゃなかったみたいだ。

「おおっ、旨《うま》そうだな。俺もたこ焼き食おうかな」

マズい。律花も気づいたようで、俺にアイコンタクトを送ってきていた。

ここでベストなのは一パックだけ買うことだ。そうすることで、『お一ついかが作戦』が成功し、爪楊枝《つまようじ》一つしかないから間接キスになっちゃったドキッ——というシチュエーションに持っていける。

だが同じものを二つ買ってしまえば、分け合う必然性がなくなり、『俺の分あるから夏木瀬は自分の食べろよ』となってしまい、ドキッとしない。

どうする——いや、やりようはある。賭けだがここは俺の出番だ。

澤野先輩が店主のおっちゃんに声をかけようとしたところで、俺は口を挟んだ。

「澤野先輩！　もったいないですよ」

「お？　もったいない？」

「まだ出店はずらっとあります。しかも食べ物ばかりです。この先にも同じようなたこ焼き屋はあるかもしれませんし、もっと食べたいものもあるかもしれません。もう少し見てから決めてもいいんじゃないですか？」

どうだ？　ここで澤野先輩が『いや、ここで俺の分も買う……絶対だ！』という鋼の意志を見せられたらどうしようもないが……。

「うーん、そうだな——夏木瀬はいいのか？　ここで」

「はい！　お腹《なか》すいちゃって……朝から何も食べてないんです

セーフ！　免《まぬか》れた！

そこまでの情報はいらない。安心したのか、それはデメリットだ。ほら澤野先輩も「おい朝って……今七時過ぎだけど大丈夫か？」とちょっと引いている。

澤野先輩は少し考えるように顎に手を当ててから、

「おっちゃん。たこ焼き一つ頂戴」

「あいよっ」

え？　後にするのではなかったのか？　と疑問に思っていると、店主からたこ焼きのパックを受け取った澤野先輩はそのまま律花に渡した。

「奢《おご》りだ。ちゃんと飯食えよ」

「えっ、そんな悪いです！」

「いいっていいって、この中じゃ俺が年上だし、これくらい奢らせろ。有馬も遠慮せずに頼めよ。なんでも奢るからさ」

聖人か。改めて澤野先輩の懐《ふところ》の広さを知った。

「俺はいいですよ。それより会長に奢ってあげてください」

まあ何はともあれ成功だ。奢られたというのもむしろプラスだ。より『お一ついかが』がやりやすくなった。

律花は両手でパックを持ったまま、赤くなってフリーズしていた。大丈夫か。

「次行くぞ、いや出店といったらリンゴ飴《あめ》だよな」

「あっ、あたし！　リンゴ飴も食べたいです！」

「おっ、夏木瀬、リンゴ飴好きなのか？」

「好きっていうか……お祭りに来たら一度は食べてみたかったんで……」

「そっかそっか、まあリンゴ飴なんて屋台くらいでしか頼まないしな」

まあ確かにその通りだが――大丈夫か？

「会長、そんなに手に持って大丈夫ですか？」

たこ焼きパックにリンゴ飴――あんまり多いと落としてしまうかもしれない。

「でも食べたいし……」

うーん、と悩む律花。食べたいなら仕方ない。

「わかりました。食べない方は俺が持ちますから」

探すまでもなく、リンゴ飴の屋台はすぐ向かいにあった。俺たちは人混みを掻《か》き分け、屋台前にたどり着く。

目の前で高校生くらいの女子グループがリンゴ飴を受け取っていた。そのグループが去るのを見てから、俺たちも店の前に立つ。屋台にはリンゴ飴の串がいくつも刺さっている。ちょっと小ぶりのリンゴだ。

「おっちゃん、リンゴ飴一つ」

「あたしも一つお願いします」

リンゴ飴屋の初老のおじさんに澤野先輩と律花が注文する。「あいよ」とおじさんからリンゴ飴をそれぞれ受け取り、代金を払う。

「いただきますっ」

律花がさっそくリンゴ飴にかぶりつく。「ん～おいしい」と夢中になって二口、三口と食べていく。しかしたこ焼きのパックも持っているから、少し食べにくそうだ。

「俺がたこ焼きの方持ちますよ」

「ありがとう――あっ、ベトベトする……」

「ポケットウェットティッシュ持ってきてますよ。はい」

バッグからウェットティッシュを一枚とって、律花に渡す。

「ありがとっ。浴衣につかないように気を付けなくちゃ」

「いろいろ汚れるのは仕方ないですよ。こういうのも想定して――はっ」

気が付くと、澤野先輩が隣でニマニマとこちらを見ていた。しまった、律花とあんまり会話しない方がいいと言った矢先に。

「さすが有馬、ハンカチといい用意がいいなぁ。確かにリンゴ飴って汚れるよな」

「はは……」

俺が好印象を与えても仕方ない。本当に気を付けないと。

俺たちはこのまま出店の通りを歩く。澤野先輩を真ん中に俺と律花が挟むような形だ。途中、澤野先輩が出店でホットドッグを購入していた。

出店の通りを歩きながら、俺は口を開く。

「この先にベンチが設営されてるんですけど、そこから花火見るとなかなか映えますよ――まだ開始まで二十分くらいありますね」

とスマホを見て確認すると、澤野先輩越しに、ひょこっと律花がこちらに顔を見せる。

「そういえば花火って対岸から上がるんだよね?」

「だいたい百メートルくらいですね。ほとんど真下から見上げる形ですね」

「百発くらいだよな。去年は結構長いこと上がってたな～」

と澤野先輩はリンゴ飴を食べきった後、途中で購入したホットドッグを頬張っていた。

本当においしそうだ。律花はというと、すでにリンゴ飴を食べきっていた。

さて、ここからが本題だ。

通りの中ほどまで進んだからか、人通りも少なくなってきた。ここなら誰かにぶつかってパックを落とすこともないだろう。

「会長、たこ焼きパック返します」

と手渡すと、作戦実行の意志が伝わったのか。一瞬、ぴくっと律花が反応した。

「う、うんっ」

パカッとたこ焼きパックの蓋を開ける。ちゃんとパックには爪楊枝が付いている。ただし一つだけ。

まず律花は爪楊枝を抓《つま》んでたこ焼きを一つパクっと自分の口に入れる。

もぐもぐと咀嚼《そしゃく》。

もぐもぐ――と咀嚼。

もぐもぐもぐもぐ。

もぐもぐ……。

いや、長い。もうタコ、口に残ってないだろ。

「たこ焼きおいしいですか」

　俺が促す。律花は「悪くはないかな」とどこか上から目線。

　意を決したのか、うんと頷《うなず》いた律花は深呼吸してから、隣でホットドッグに夢中な澤野先輩に向かって、

「せ、先輩……お一つどうです、か？」

「お、いいのか？　じゃあ一つ──」

　と爪楊枝を取って、澤野先輩はたこ焼きを自分の口に放り込んだ。

「うまっ、なんでだろーな、スーパーで買うたこ焼きより屋台で買ったたこ焼きの方が絶対うまい」

「気に入ってもらえて嬉《うれ》しいです……」

　もぞもぞと律花は嬉しそうに肩を揺らしていた。

　作戦は成功だ。俺はこっそりとガッツポーズをした。

　あれ？　けど、この作戦って二人きりの時に、お互いを意識してドキドキする作戦だったはず。

　これだとなんだか友達におすそ分けしているだけだが、いいのか？

「やっぱ出店って言ったらたこ焼きかフランクフルトだよな」

「そ、そうですね、えへへ……」

……二人も楽しそうに会話しているし、これでいいか。

「有馬くんもどうぞ」

突然、矛先が俺に向いた。

「え、俺？」

「そうだそうだ。もらっとけ、うまいぞ〜」

もう断れない雰囲気になりつつある。ここで断った方が雰囲気を悪くしそうだ。

差し出されたたこ焼きパックからショウガとかつおぶしの香ばしい匂いがする。唾液腺が刺激され、俺は生唾を飲み込んだ。

「じゃ、じゃあ……」

と俺は爪楊枝を抓んで、たこ焼きを一つもらう。

これ本格的にドキドキ作戦じゃなくなってるけどいいのか⁉

でもまあいいか。これはこれで律花らしい。

口の中でたこ焼きが跳ねる。歯を立てるとソースとタコが絡《から》み合って、俺の口に広がっていく。

「おいしい？」

と律花が覗《のぞ》き込んでくる。

文句ない。ほとんど反射的に、

「すごくおいしいです！　そういえば去年は食べなかったなぁ」

「もう一ついる？」

「え？　でも……」

澤野先輩にあげる分がなくなってしまう。でもおいしいし……。

「じゃあ、あと一つだけ」

と促されるまま俺は二つ目も食べる。ショウガがアクセントになり、決して飽きさせない味へと昇華している。

「あ、タコ、二個入ってる」

こりっとした食感が二回ある。ちょっとラッキーだ。

「そんなのもあるんだ。あたしも——」

と続いて律花も一つ頬張る。

「んん～、おいしっ」

幸せそうに隣でもぐもぐする律花。さらに一つ追加で食べる。澤野先輩のために買ったはずが、いつの間にか自分の食欲を満たすためになってしまっている。

「ははっ、二人ともおいしそうに食うなぁ」

なってしまった。

（食べ過ぎでは……？）

律花も計画を忘れているのか、たこ焼きはもう半分くらいなくなってしまった。

……いろいろあったが、たこ焼きをおすそ分けすることには成功した。和やかな雰囲気になったし、悪くはない。

そして——楽しい。

みんなと一緒に祭りに来て屋台を回っているだけだというのに、俺は計画のことを忘れて、純粋に楽しいと思っていた。

ぐ～、とまたお腹《なか》が鳴る。うぅ、もう少したこ焼き食べたいけど、これ以上は律花に悪い。ちょっと離れて買ってこようか。そう思って後ろの方へと向く。

——と俺の視界にとある女の子の集団が映った。

（あれ……まさか……）

背後から出店を回りながら近づく高校生の女の子三人のグループ。一人は知らない女の子、あと二人は琴葉《ことは》とみうだった。

マズい。

そういえば一緒に行くと言っていた。普通に出くわす可能性を考慮していなかった。

出会ったら、みうは間違いなく「その人だれ？」って聞いてくるだろうし、琴葉は律花と同じ学年だから澤野先輩のことは知っている。

もし「じゃあ一緒に――」なんて話になったら、最悪だ。

きっとみうが邪魔する。というか一緒に回っていたら男女のいい雰囲気になんてならない。

（俺がなんとかして、合流させないようにしないと……）

人混みが多いからすぐに気づいたりはしないだろうが、このままだとみうたちが後ろから気づいて、駆け寄ってくる可能性がある。

せめて足止めしないと……。

「おお、秋沢《あきさわ》琴葉な。いたなぁ。今副会長やってるのか」

「は、はい。なんとか四人で生徒会回してます……」

澤野先輩と律花は二人で何やら盛り上がっているようだ。

二人の会話の邪魔をするわけにもいかない。

一人で行ってみうたちをさりげなく遠ざけてから合流する――それが一番だ。

俺は律花たちに告げずにみうたちの方へと駆け寄っていった。

※

有馬くんのおかげで今日は緊張せずに澤野先輩と話せている。

トラブルもあったけど、たこ焼きを澤野先輩におすそ分けすることができたし、おいしいって言ってくれた。

澤野先輩と有馬くんと一緒に花火大会に来られて、本当によかった。

有馬くんがいなかったら、ただ普通に家で学校の宿題をして過ごしていた、平凡な日になっていた。

花火大会に澤野先輩を誘うことを提案してくれたから、こうしてあたしはここにいる。

ちらりと、隣を歩く澤野先輩に目をやる。

出店で買ってきたホットドッグをおいしそうに頬張っている。リンゴ飴《あめ》も食べていたし、澤野先輩って結構大食いなのかもしれない。あたしはちょっと食べすぎてもうお腹がいっぱいになっている。

――花火まであと十分ちょっと。

あたしはこれから澤野先輩と二人っきりになる。有馬くんのサポートはもうなくなる。

それからがデートの本番。お互いを意識して花火を見上げることになる。

だけど――。

どこか――。

今日は満足していた。

澤野先輩と有馬くんと三人一緒に歩いて、金魚すくいをして、買った食べ物を一緒に食べて……。

元々、こうして一緒に遊びに来られただけで十分なのだ。ちゃんと今のあたしを出せている。自然体でいられている。デートとしての成功は二の次。自然に──普通に──たわいのない会話ができるだけで──。

あたしはそれだけでもう満足だ。

おかしなことが一つある。

こんな近くに──肩が触れ合う距離に澤野先輩がいるのに、バイトで顔を合わせていた先週よりも緊張しない。

慣れたのだろうか。それに今日は一度も噛《か》んだりしていない。

有馬くんとの予習デートのおかげかな?

今回、楽しむことができたのは有馬くんのおかげだ。全く緊張もしてないし、これも有馬くんが一緒にいてくれたおかげだ。

今日が終わったら、改めてお礼を言わないといけない。

──でも有馬くんには本当に申し訳ないことをしている。

サポート役なんて言って、あたしと澤野先輩とのデートを成功させるためにいろいろと動いてくれている。そんなのでは祭りを楽しめないだろう。

どうすれば有馬くんは喜んでくれるのだろう。

あたしも有馬くんのために何かしてあげたい。

あたしが何を言っても肯定してくれる有馬くんの本心はどこにあるのだろうか。今日だって手伝わせているのに、嫌な顔一つしなかった。

有馬くんの本当にしたいことって何だろう。

「………あれ？」

ふと気づいた。澤野先輩を挟んだ反対側を歩いているはずの有馬くんがいない。

「有馬くんは？」

「ん、ああ……さっき引き返して行ったな。なんか食べ物買ってくるんじゃないか？」

食べ物？　いや、この後の作戦は、有馬くんが『用事ある』と言って、花火が始まる前に立ち去るというものだ。

もしかしてもう始まってる？

まだベンチにもたどり着いていないのに？

あたしと澤野先輩を二人きりにするために、さりげなく立ち去った……？

どくん。

胸の鼓動が不意にうるさくなる。何も言わずに行くなんて、この後はずっと澤野先輩と二人っきりで行動するの……？

意識すればするほど、抑えられていたはずの緊張が蘇《よみがえ》ってくる。

持っていたたこ焼きのパックをくしゃ……と潰れるくらい手に力を込めてしまう。

本当に？　二人きり？

あたしの気持ちは——。

「おい、どうした？　顔色悪いぞ」

澤野先輩に声をかけられ、ハッとする。

「あ、あたし有馬くんを捜してきます！」

たこ焼きのパックだけを握って、あたしは身を翻《ひるがえ》して駆け出した。

このまま二人っきりのデートなんてできない。

一旦、落ち着こう——。まだ時間はある。

出店を歩く人に何度か肩がぶつかりそうになりながらも、あたしは走り続けた。

——なんで有馬くんは何も言わずに行ってしまったんだろう。

いなくなる時は一言声をかけてから、と言っていたはずなのに。

そうだ。スマホに何か連絡が入っているかもしれない。

あたしがふと手提げポーチに手を伸ばし、視線を落としたその時だった――。

「あっ」

ドンっ、と浴衣《ゆかた》姿の同年代の女の子にぶつかった。

あたしは体勢を崩し、前のめりに倒れこむ。

同時に――。

手に持っていたたこ焼きのパックが宙を舞った――。

※

「あれ？　もしかして冬季《ふゆき》くん？」

射的屋の前にいるみうが人混みの中から俺の名前を呼んだ。

「みう。偶然だな。そういえば来てるんだったっけ？」

（わざとらしいか？）

本当は先に見つけて駆け付けたのだが。

偶然を装《よそお》ってみうたちの前に現れ、律花たちから気を逸《そ》らす作戦だ。あんまりわざとらしいと琴葉に勘繰られてしまうかもしれない。

「冬季くん、祭り来ないって言ってたんじゃ……」

「ああ、なんかバイトで先輩に誘われて、今バイト仲間何人かで来てるんだ」

嘘《うそ》ではない。そこに律花もいるという事実は隠す。

「そーなの？　じゃあなんで一人？」

みうの無垢《むく》な瞳が俺を見つめてくる。それはごもっともな疑問で。

「あ……実は、その一人が迷子になってるらしくてな。ちょっと捜してたんだよ」

「それってはぐれたの冬季くんの方じゃない？」

ぐ……まあいい。そんなところに反論はしない。目的はみうたちの気を逸らすことなんだから。

「ところで、みうたちは射的やってるのか？」

みうたちが立ち寄っていたのは屋台の射的屋だ。豪華賞品と銘を打って最新ゲーム機の箱から、キーホルダーやフィギュアも置いてあった。

「そうそう！　ねっ、琴葉先輩！」

みうが振り向くと、「なかなか的に当たらないの」と琴葉も困っているようだった。もう一人の琴葉の友人らしき女の子も「もう三百円使っちゃった」と嘆いていた。

（ここで足止めするチャンスか？）

「俺が手本見せますよ。こう見えて得意なんです」

「え？　冬季くんって射的得意だっけ？」

みうが首を傾《かし》げる。幼い頃からお互いのことを知っているから、だいたい得意不得意もわかる。当然俺は射的は得意ではない。

「まあ見てろって」

と俺は屋台のおばちゃんに百円を渡し、受け取ったライフルにコルクを詰める。

別にここで一回やって足止めできればいいから、的に当たっても当たらなくても構わない。でも目標はほしい。

（あ、カメのキーホルダー……）

と的を探して一つ目に付いたものがあった。

手に乗るくらい小さなカメのキーホルダーだ。そういえば律花はカメが好きだった。部屋にあったカメの抱き枕の匂いを思い出して、俺は思わず首を振る。

（あれにするか）

一発目――見事にスカった。

「冬季くんがんばれ～。ふれーふれー」

みうの応援がちょっとうるさい。二発目、三発目と右側をすり抜ける。

（もうちょい調整して――）

コルクの飛ぶ方向が右にずれている。逆に左を狙って打てば――。

こつん。

俺の撃った弾は見事にカメのキーホルダーに当たり、景品が棚から落ちた。

「おめでとーお兄さん、はいこれ。景品だよ」

おばちゃんから落ちたカメのキーホルダーを受け取る。意外と愛嬌《あいきょう》のある顔をしたカメだ。

（会長にあげたら喜ぶかな）

喜ぶ律花を想像して、ちょっとニヤついてしまう。

「すごーい！　冬季くん、本当にうまかったんだ」

「ま、まあ――あっ」

熱中しすぎた。このままここで射的を続けていたら、本当に迷子になってしまう。

「すみません。じゃあ俺、バイト仲間を捜しに行かないといけないんで！」

「うん！　ばいばーい！」

みうたちに別れを告げて、俺は律花の後を追った。後ろから「琴葉先輩！　わたしたちも何か取りましょう！」「そうね～うふふ」とやり取りをしている声が聞こえたから、すぐには追いかけて来ないだろう。

（まあこれでしばらく合流しないと思うけど……）

だいたい五分くらいか。後はあんまりゆっくり回りすぎて、追いつかれないように気を付けるだけだ。

俺はカメのキーホルダーを目の前に掲げた。

持ってても仕方ないし、祭りが終わったら律花にあげよう。それより――。

どこに行ったのだろうか。屋台の通りはまっすぐだから見失うことはないと思うが……。

しばらく捜しながら歩いていると、澤野先輩の姿を目視できた。

「澤野先輩！」

と声をかけ、俺は駆け寄る。

「おっ、有馬。なんか買って――ってキーホルダー？　射的屋かくじ屋でもやってたのか？」

「え――あっまあ、ちょっと気になって……」

「食べ物買ってくるかと思ってたのに、やりたいなら言えよ。俺もやったのに」

「はあ、すみませ――あれ？　会長は？」

律花がいない。俺が離れる前まで澤野先輩の隣を歩いていたはずなのに。

「ああ、そういや有馬を捜してくるって言って、来た道戻っていったな。会わなかったか？」

「射的に夢中だったので……」

俺を捜しに？　まさか律花が澤野先輩から離れるとは思わなかった。

時間は大丈夫だろうか。俺はスマホを取り出す。花火の打ち上げまでもう十分弱しかない。

万が一にも、花火の打ち上げまでに律花が戻ってこなかったら、計画は破算する。俺を捜しに行ったとのことだが、どこまで行ったのか……。

「ちょっと会長に電話してみます」

スマホを耳に押し当てる。

…………。

……。

……出ない。

周りが騒がしくてスマホの音に気づかないのか——いや、違う。確か律花はスマホの着信音をミュートにしていた。

向こうから気づいて掛けなおしてくれない限りは出るわけない。

楽観視するなら、この出店通りの先にある花火観覧用のベンチで律花を待つという選択肢がある。だが、あと十分で戻ってこなかったら、花火が打ち上がり、デート最大の見せ場がなくなってしまう。そうなれば必然的にデートは失敗だ。

「俺、会長捜してきます。澤野先輩はこの先にベンチ設営場所があるので、そこで待っててください」

「おう、もしこっちに夏木瀬が戻ってきてたら連絡する」

「お願いします」

俺は身を翻して、来た道を戻っていく。

人が多い。

さほど身長が高くない俺からだと、背伸びしても奥の方まで見えない。

律花の服装は花柄の浴衣——しかし、周りには同じような浴衣が多く、特定は難しい。

一人だと無理だ。でもここで見つからない方が一番よくない。

みうに協力——でも律花のことがバレてしまう。いや迷っている時間が惜しい。

俺はスマホでみうに電話を掛けた。

……………出た。

「有馬？」

『もしもし〜冬季くん？　どうしたのぉ？』

「みう、あの……」

少し言い淀《よど》む。話してしまっていいのか。律花と来たことを隠していたと勘繰られないか。ただでさえみうには——。

（いや、そんなこと言ってられない）

「実は——」

　バイト仲間以外にも、律花も一緒に花火大会に来ていることを話した。
だが澤野先輩のことは隠して話した。手間取ったが、律花がはぐれたことは伝わった。

『まさかバイト仲間の中に律花会長もいたなんて……』

「ああ、でも迷子みたいで……」

『じゃあ迷子って会長のことだったの？』

　みうには『バイト仲間が迷子に——』と言った。まさか嘘から出たまことをこうして目《ま》の当たりにするとは思わなかった。

　実際の時系列は違うがそういうことにしておこう。

「まあそういうこと」

『どの辺りに行ったとかわかる？』

緊急事態を察してくれたか、あまり深く突っ込んでこなかった。こういう時、みうは頼りになる。

どこに行ったか、と言われても俺を捜して澤野先輩から離れたのだから、予想がつかない。俺は「わからない」とみうに言った。

『そっか……わかった。わたしの方でも捜しておくね』

「ごめん、頼んだ」

通話を切る。

息を吐き、呼吸を整える。

——行方不明だと言っても、見つからないはずがない。向こうもこっちを捜しているし、通りも複雑じゃない。焦《あせ》るほどのことではなかったかもしれない。

だけど、不安な気持ちが胸の内で膨らんでいく。

本当に律花は俺を捜しに行っただけなのか。澤野先輩を花火大会に誘った時、律花は恥ずかしさのあまり逃げ出したことがあった。まさか二人きりになって恥ずかしさのあまり、逃げたのでは……？

バイトの時、配電盤の前でうずくまっていた律花を思い出す。あの時のように逃げたのかもしれない。

だとしたら俺のせいだ。一言、声をかけて律花たちから離れるべきだった。

不安が募る中、俺は通りを駆けていく。

——出店の通りをもうほとんど引き返してしまっていた。みうにも、途中ですれ違ったのか、俺と同じように通りを戻って捜してくれているのか、会っていない。

もしかしたら、すれ違いになった可能性もあるのではないか？

すでに律花は澤野先輩のところに戻っているのではないか？

連絡があるまで待つべきか、一旦戻るべきか……。

「ん……？」

出店の並びの一角——他の出店とは違う白いテントがあった。どうやらこの花火大会の運営本部のテントらしい。落とし物や迷子になった子供を預かったりしているが——。

俺は気になって中を覗《のぞ》いてみた。長テーブルにパイプ椅子がいくつかあった。迷子らしい子供が一人、あとは運営の人であろうおじさんが何人かいる。

さすがに律花はいない。

けど、念のため運営の人に聞いてみるのも悪くない。律花は俺を捜していただろうし、もし走っていたのだったら運営の人の目に留まったかもしれない。

ダメで元々だ。

「すみません」

「はい……？」

帽子をかぶったおじさんの一人が反応を示した。

「ここの前を花柄の浴衣《ゆかた》を着た女の子が通りませんでした？　はぐれてしまったんですけど」

「花柄……？　悪いねぇ、そういう子結構いるから」

確かにそれだけの特徴の女の子なんて、一見しただけでも何人か該当する。

「そうですよね……すみま――」

言いかけてもう一つ特徴があったのを思い出す。

「あ、あと、たこ焼きのパックを持ってたと思うんです。あと、手提げの巾着ポーチも」

と訊《たず》ねるも「うーん？」と反応が薄かった。すみません、と今度こそ立ち去ろうとすると、

「ああっ！　あの子かな？」

「え？」

「いや、さっきね。ここの前で浴衣着た女の子が人とぶつかってこけたんだよ。その時、持ってたたこ焼きのパックぶちまけちゃって――」

ぶちまけた？　こけた？

帽子のおじさんは続けて、

「きれいな浴衣が汚れちゃったから、かわいそうだなと思ったんだけど――もしかして君の彼女？」

偶然？

浴衣を着た女の子がこけただけでは確証は薄い――けど俺にはそれが別人だとはなぜか思えなかった。

「その子、どこ行ったんですか？」

帽子のおじさんは「うーん」と首をひねり、

「さあね～。土手の方に走って行ったけど……」

手掛かりは薄い。別人かもしれないその子をこれ以上追うかどうか――。

「――その子、泣いてたよ。ありゃあお気に入りの浴衣だったんだろうなぁ。かわいそうに」

「っ」

泣いていた。

本当に律花？　別人じゃなくて、それが本当に律花だったら――。

「ありがとうございますっ」

俺は頭を下げ、土手へと駆けていった。

違う可能性は高い。

けど、律花だったら——。

放ってなんておけない。俺たちのところに戻ってこないのは、その子が律花だからじゃないのか？

浴衣が汚れ、みっともないところを澤野先輩に見せたくないから、どこかへ行ってしまったのではないか？

「会長……！」

——どこまで行った？

土手に上って周囲を見回す。家に帰ったのか？　それなら駅の方面だが……。

スマホの時計を見る。後五分。

「…………ダメか？」

もう一度律花にスマホを掛けなおす。

…………やはり出ない。もしかしてわかってて出ないのか？

通話終了ボタンを押す——と同時にスマホが震えた。誰かからの着信！

名前を見る。みうからだった。

律花が見つかったのか？　俺はスマホを耳に当てた。

「みう？」

『もしもし？　冬季くん、もしかしてなんだけど……』

どこか言いづらそうに語尾を濁すみう。「なにかわかったのか？」と俺が促すと、

『わたしの友達も会場に来てて、話聞いたんだけど……。そしたらさっき律花会長に似た人とぶつかって、転ばせてしまったって』

「っ！」

ぶつかって、転んだ——。俺がさっき運営の人から聞いた話と同じだ。

「……それで？」

『転んだ人はたこ焼きのパックを持ってて、地面にぶちまけちゃって——。友達は汚れを取ってあげようとしたけど、その前に転んだ人がどっか行っちゃって』

それが律花であった可能性が高い、ということか。

律花は学校では有名だ。生徒会長であり、全学年から顔も覚えられている。

「それ、会長って確証はどれくらい？」

『ちらっとだけしか見てないみたいだけど——おそらく律花会長だったと……』

「………」

もはや別人とは疑いようがない。

律花は人にぶつかって転んだ。浴衣が汚れて戻ろうにも戻れなくなったのだろう。

『……冬季くん？』

（俺のせいだ。俺のせいで会長は――）

花火が打ち上がるまで三分。仮に打ち上げまでに間に合っても、仲良く花火を見るなんて雰囲気にはなれないだろう。

「ごめん、みう。ありがとう」

とだけ告げて俺はスマホの通話を切った。

俺が目を離したせいだ。

もっと気を配っておけばよかった。

計画は失敗。澤野先輩とのデートは失敗だ。律花の望む結果にはならないだろう。

けど――。

「会長のことは放っておけない！」

今、律花はきっと泣いている。

自己嫌悪《けんお》に陥りながら、自分のことを責め続けながら、独りで泣いている。

そんな女の子を放っておけるほど、俺は薄情じゃない。

――問題はどこに行ったか。

運営の人の証言では土手の方向へ行ったとのこと。わざわざ出店の通りから土手に上がったのだから、少なくとも河川敷《かせんじき》沿いにはもういない。

街の方へ戻ったのなら、駅の方角だろうか。律花の家もそちらの方向にあったと思う。

帰った？

それとも別のところ？

律花なら――どこにいく？

――――。

「公園……」

――律花とのデートの時に来たあの公園。この二週間、何度も行った公園。

――律花が澤野先輩のことを初めて話した公園。

確証なんてない。

ただの当てずっぽうだ。

駅に向かった可能性の方がずっと高い。

でも。

俺は駆け出していた。

※

有馬くんに怒られるかな……。

今日のプランを練ってくれたのに、あたしのわがままで一緒に来てもらったのに――。

最後はあたしの失敗とちっぽけなプライドで、有馬くんの好意を全て無駄にしてしまった。

転んだあたしは気が付くと住宅街へと走って――そして、公園にたどり着いていた。

バイトの帰りに有馬くんと寄った公園。初めてあたしが有馬くんに澤野先輩のことで相談したところだ。

ここに来れば一人になれるかと思ったが、ちらほらと人がいる。花火を見に来た人たちが公園に集まっているのだろう。

あたしは空いたブランコに腰かける。

街灯に照らされたあたしの浴衣を改めて見る。

酷《ひど》い有様《ありさま》だ。膝から胸にかけて土で汚れ、袂《たもと》にはたこ焼きのソースがべったりと付いている。いくらかハンカチで拭き取ったものの、簡単に取れる汚れじゃない。

最悪だ。

汚れのことだけじゃない。今頃、有馬くんも澤野先輩もあたしのことを心配して捜しているだろう。

こんなみっともない姿を見せられない。

今更のこのこと出て行って、こんな姿を見せたら同情される。失敗したところを見られたくない。

今日の花火大会は終わりだ。有馬くんに合わせる顔がない。

結局あたしは昔から変わっていない。いくじなしで心配症——辛《つら》くなったらすぐに逃げ出す弱虫……。

あたしは澤野先輩に憧れて、いつも失敗に怯《おび》えて過ごしていた自分を変えたかった。二年前、生徒会に入って不完全だった自分を見直した。澤野先輩のようにリーダーシップが取れて、澤野先輩のようにみんなに頼られる存在になりたかった。

結果、あたしは生徒会長になってみんなから頼られるようになった。

自信のない弱虫な心を払拭《ふっしょく》して、強くなったと思っていた。

――違った。

今のあたしは昔のあたしと同じだ。

怖い。澤野先輩と――。

――有馬くんに弱いあたしをさらけ出すのが。


有馬くん。

ずっと助けられてきた。返しきれないくらいの恩を受けた。あたしの中では有馬くんは後輩という存在以上に大切な人になった。

だからこそ、こんな自分を見せられない。

嫌で嫌でたまらない。

今日はもういい。このまま花火の打ち上げまで公園で過ごして、後でさりげなく「迷子になった、花火終わったし、もう帰るね」と有馬くんに連絡しよう。

笑って――。

嫌だ。

ただの逃避だってわかっている。ダメだってわかっている。

このまま逃げても解決しないってわかっている。

だけど──。

「やっぱり……ここにいた……はぁはぁ」

きゅっ……とブランコの鎖を強く握りしめた。

※

「やっぱり……ここにいた……はぁはぁ」

公園のブランコには律花が座っていた。

街灯に照らされた姿は痛々しかった。あんなに綺麗《きれい》だった浴衣《ゆかた》は土で汚れ切っていた。

袖からのぞかせる腕にケガをしていた。擦過傷になっている。転んだ時についたものだろう。

「有馬くん……」

まるで迷子の子供のような様子だ。ブランコの上で縮こまって、泣いているように見える。

一瞬だけ目を合わせた律花は、すぐに視線を逸《そ》らした。

俺はどんな言葉を今の彼女にかけたらいいのだろう。いつもの元気な律花の姿はそこにはない。そっとしといてほしい雰囲気をひしひしと感じる。

――きっと彼女は泣いている。そう思って公園に来て、実際律花を目の当《ま》たりにして

――俺は何の言葉も紡《つむ》ぎだせないでいた。

来るべきじゃなかった。俺は彼女に対してなんて言葉をかけたらいいんだ？

ちょっと考えればわかることだった。ここに来るべきは俺じゃない――澤野先輩の方だった。後悔が胸の奥で膨らんでいく。

澤野先輩なら今の律花にかける最善の言葉を知っているはずだ。

俺じゃダメだった。

けど何もせずに帰るわけにもいかない。

これから花火が上がる。けど今の彼女を見てしまうと、俺は連れ戻すことはできない。

俺にできること――。

「会長……隣行っていいですか？」

「…………」

返事はない。それでも俺はゆっくりと歩き、隣のブランコに座った。

「…………」

「…………」

沈黙が俺たちの間に流れる。

言葉は出て来ないけど、できることはある。一つずつ、今の律花に必要なことをしていかないと。

俺はバッグから水筒を取り出した。中身は水。それをきれいなハンカチにかけて、俺は律花の前に行く。

「ケガ……手当てしますね」

「……」

律花は何も言わない。構わず俺は律花の袖を少しめくり、腕にできた擦り傷にハンカチを当てた。

水で汚れを拭き取る。後は消毒。念のために持ってきていてよかった。バッグから消毒液を取り出し、ハンカチにしみこませ、優しく腕に触れさせる。

俺が一通りの処置を終えるまで、律花は拒絶する様子を見せなかった。されるがままになっていた。

「痛くなかったですか？」

「……消毒液」

「え？」

「持ってきてたんだね」

「一応ですけどね。人が多いですし、転ぶこともあるかと……他にも携帯用シミ取り洗剤とか保冷剤とか――」

「持ってきてくれてたんだね。あたし、ずっと自分のことばかり考えてた」

「大事な日ですからね。成功したいって想《おも》いが強かったんですよ」

律花はふるふると首を振る。

「そんなことない。有馬くんはいつもあたしを助けてくれて……たこ焼きの作戦だって有馬くんが考えてくれて……」

「そんなこと――そうだ、たこ焼き……」

バッグの中を確認して、その言葉で思い出した。

「たこ焼きのソース、大丈夫ですか？　浴衣にかかったりしてません？」

「えっ……少し、かかったかも」

「見せてください」

袂《たもと》のところに狭い範囲だがソースがべったりとついている。

「これだけなら、なんとか――」

俺は再びハンカチを水で濡《ぬ》らし、布の上から叩《たた》くようにソースを拭き取る。

律花はなすがままにされていた。文句も言わず、ただ俺が洗うのをじっと見つめている。

「ごめんね……」

律花は柔らかく微笑《ほほえ》んだ。

「構いませんよ。汚れる可能性も考えて持ってきてましたし」

「そうじゃなくて……逃げたりして、ごめん」

俺はブランコに座りなおす。何か言葉をかける前に、律花が続けて言った。

「……あたし、本当にダメ。冬季くんにせっかくアドバイスをもらって、こうして花火大会に来れたのに大事なところで失敗して――」

まるでダムが決壊したかのように、律花は矢継ぎ早に口を開く。

「結局あたしはあたしだった。澤野先輩みたいになろうって思って、ずっとずっとがんばってきたのに、なんであたしはこんなに弱いんだろ……。なんで澤野先輩みたいになれないんだろ……。どうして逃げちゃうんだろ……」

独り言のように呟《つぶや》く。

俺に見せたことのない――いや、こんな律花、誰にも見せたことがないだろう。

だからこそ、俺は言わないといけないと思った。

「俺……こんな時におかしいですけど、実は律花会長にずっと憧れてたんですよ」

「え？」

きょとんとした顔を俺に見せた。

「生徒会に入った時――俺、会長の姿に憧れたんです。みんなの前でリーダーシップをとる会長、成績はトップで先生からも一目置かれて、生徒からは慕われる――そんな律花会長に憧れてたんです」

「そう、だったんだ……」

照れているのか、律花は人差し指で頬を掻《か》いていた。

「すごいって思って――同時に俺の中で神格化しちゃったというか、手の届かない存在っていうか……俺なんかじゃ一生こうなれないなって思っちゃって」

最近までずっと俺の中で律花は雲上の存在だった。単なる先輩後輩という関係じゃない。本当に手の届かない存在。

横に並び立つのもおこがましい――俺は勝手にそんな壁を感じていた。

「けど……会長がスーパーのバイトに来て、澤野先輩の前で上がっちゃう会長とか、デートのことで緊張する会長とか、お客さんの前で失敗する会長とかいろいろ見て、こんな人でもミスするんだなぁ、って思って」

「そりゃあ、しょっちゅうするよ。学校じゃそう見えないかもしれないけど……」

「はい、俺なんにも会長のこと知らなかったんです。けど、今の会長を見て、俺は胸を張って言えます」

「何を？」

俺は律花に向き直って、

「どんな会長も、会長なんだって。自信満々な会長も、失敗して泣いちゃう会長も、俺の憧れた会長に違いないって思いました。今回はその……ちょっと転んじゃっただけです。決して会長がダメってわけじゃないんですよ」

転ぶなんて誰でもある。

結婚式のケーキ入刀で転んでケーキに頭を突っ込むような人も世界には存在するみたいに、道端で転ぶなんて子供でも大人でも誰でもある。

「でも、あたしは逃げてきちゃった。ちっぽけなプライドのせいで……」

「それでもいいんです」

「え？」

「俺だって嫌になったら逃げたくなります。たぶん逃げた回数なら俺の方が会長よりも多いですよ――だから完璧な選択なんて誰にもできないんです」

「でも、せっかく有馬くんにいろいろしてもらったのに」

「夏のイベントはまだまだありますよ。今日ダメでも次がなくなるわけじゃないです」

「澤野先輩は失望したんじゃないかな。突然いなくなって……」

「そんな人じゃないですよ。今でも心配して会場を駆け回ってるかも」

「え、うそ……」

いなくなったことは澤野先輩も察していた。失望なんてしない。ベンチで待っててくださいとは言ったが、もしかすると駆け回っているかもしれない。

「有馬くんは？」

律花が顔を上げ、俺をまっすぐ見つめる。

「俺？」

「あたしのこと、どうしてそこまでしてくれるの？」

どうしてそこまで――それは俺の言葉だ。

会長はどうして俺に澤野先輩のことを話したのだろうか。頼ってくれたのだろうか。

でも先に俺が言うべきだろう。

「それは――俺の憧れの人が律花会長だからですよ」

「あこがれ……？」

律花が首を傾《かし》げる。

本当にそれだけだったのか。

最初は憧れの人から頼られて嬉《うれ》しかった。けど今はどこか違う——と思う。

「憧れの人に頼られたら、がんばろうってなりますよ。最初に頼ってくれた時は嬉しかったですから」

この公園に初めて二人で来た時だ。律花が俺を頼りにしてくれた。

嬉しさだけで俺は彼女の相談に乗ったし、デートもした。見返りなんていらなかった。

「面と向かって言われると恥ずかしいね……」

律花の頬が赤くなっていた。

「だから俺は会長が困っていたら助けたいって思ったんですよ——会長はなんで、俺を頼ってくれたんですか？　……まあ確かに俺が会長の澤野先輩への想いを知ってしまったってのはあるかもですけど」

律花のためならなんでもしてあげたい。それは前から変わっていない。

律花は「ふふっ」と微笑んで、

「生徒会に入った時から頼りにしているよ。でも昔からそうだったんだよね」

「え？　どういうことですか？」

昔から、と言っても俺が律花と知り合ったのは生徒会に入った時からだ。

「有馬くんは覚えててくれてたんだよね。あたしが公園で泣いてたこと」

「泣いてた……？　さっきのことですか？」

「違う違う。もっと小さい頃、この公園で」

「小さい頃って……」

前に律花と予習デートの時に、一緒にサンドイッチを食べるために座っていたベンチ。

俺はあそこで『昔泣いていた子がいた』と律花に話した覚えがある。

「あ……」

幼稚園の頃。俺はここで泣いている子に出会った――思い出した。あれは女の子だった
……短い髪の女の子。

「あの時の女の子……」

女の子だった。誰かわからない泣いている女の子。

過程は忘れたのだけど、俺は最終的にその子と遊んでいた。

「もしかして……会長？」

ふふっ、と律花は子供みたいな無邪気な笑みを浮かべ、

「どうでしょう？」

と人差し指を自分の唇にそっと当てた。

ドクン。

不意に心臓が跳ねた。

なぜかわからなかった。

俺はこの二週間、律花をずっと近くで見てきた。知らない部分を知ることもできた。こうして律花が俺を頼る理由もわかった。

彼女に対して俺はどう想っているのか。その答えはわからなかった。

一人の人間として好き、とも違った。澤野先輩みたいに頼りにしている、とも違う。みうみたいな友達、とも違う。

家に行った時も、予習デートしている時も、ずっと胸の奥に抱いていた気持ち。

これは憧れからくるものなのか？

(俺は……本当は彼女のことを、どう思っているのだろうか)

ずっともやもやしていた。

胸の奥にわだかまっていた『何か』が、俺をずっと悩ませていた。

律花の口から初めて、澤野先輩に憧れていると聞いたあの日からずっとだった。

その正体が何かわからなかった。

でもさっき俺は直接『憧れ』と律花に口にして、彼女を意識している。俺の心にあるこの感情の正体は――。

ドン。

突如、河川敷《かせんじき》の上空が大きな音と共に光り輝いた。

顔を上げると、上空に大きな丸い花が咲いていた。花火が打ち上がったようだ。

「わぁ……大きい。こんなに大きかったんだ」

打ち上がった花火の明かりに、律花の横顔が照らされる。

ドン、ドン、と二発三発と花火が打ち上がり、その度に、「わあ」と律花は明るい表情を見せる。

童心に戻ったかのように律花はきらきらと目を輝かせている。

「すごいすごい、あたしの家から見た時よりも大きい！　空一面に花火が見える！」

ねえねえ！　と俺に同意を求めてくる。本当に子供みたいだ。

（あ……）

俺が子供の頃に見た律花――そうだった。あの時、友達と仲直りした後に見せた顔もこんな顔だった。一緒になって砂の城を作った時も『すごいすごい！』と大喜びしていた。

あの無邪気な顔――。

俺はその横顔を見て、胸が高鳴った。動悸《どうき》がする。心臓の音がうるさい。律花がすごくかわいく見える。こんな感情知らない。みうや琴葉と相対する時にはない感情だ。

ああ、そうなんだ。

俺はいつの間にか。

――律花に恋をしていたんだ。

ドンドン、と次々と花火が打ち上がるのに、俺の目は律花に釘付《くぎづ》けになっていた。

いつからだろう。

最初は憧れだった。けどいつの間にかそれは恋心に変わっていた。

そして今――自覚した。

「……俺はバカだ。えらそうなことばかり言って」

花火の音が俺の独り言を掻き消す。

「気づいたからってどうしたらいいんだよ……」

楽しげに花火を見上げる律花の隣で、静かに俯《うつむ》く。こんな感情、死ぬまで気づかなかったらよかった。

ずっと憧れだと言い訳を続けていれば、もっと楽――。

「有馬くん」

隣のブランコに座る律花が俺に手を差し伸べてきた。掴《つか》んでと言ってきているようだった。

「会長？」

「いいから」

俺はゆっくりと手を差し出すと、律花の方からするりと俺の手に自分の手を絡《から》ませてきた。

ブランコ越しに手を繋《つな》ぐ俺と律花――傍《はた》から見たらカップル以外の何ものでもない。

「……澤野先輩が見たら誤解しますよ」

「えへへ、そうだね……でも今はいいんだ。有馬くんと見れて嬉しいし――それに有馬くんといるとすごく落ち着く」

「落ち着くんですか？」

「うん。澤野先輩といると緊張するのに、有馬くんだと落ち着く。あたし、ここにいるのが有馬くんでよかったって思うよ」

——それってどういう意味？

怖くてその一言が聞けなかった。でも今は。

「俺も会長と一緒に見上げられてよかったです」

この手の温《ぬく》もりをもっと感じていたかった。

※

「やっぱり……そうだったんだぁ。あわわ」

木の陰に隠れながら、土宮《つちみや》みうは胸をドキドキさせていた。

律花会長とはぐれたとスマホで冬季くんが告げてくれた——だからこうして方々捜し回っていたら——。

とんでもない場面に出くわしてしまった。

街灯に照らされたブランコに二人の男女——その二人が仲良さそうに手を繋いで花火を見上げていたのだ。男女——冬季くんと律花会長だ。

話している内容はわからないけど、あれはどう見ても付き合っている。

「そ、そうですよ……冬季くんも律花会長もあたしには何も言わずに内緒で花火大会に来て……」

バイト仲間と来ていると冬季くんは言っていたが――それは嘘《うそ》で、本当は律花会長と二人で来たのでは？

「ど、どうしよう……やっぱり付き合ってる、よね。邪魔したら悪いかな……」

みうはこっそりとその場を立ち去った。

※

「そろそろ戻らないと」

俺と繋いでいた手を離して、ぴょんと律花はブランコから飛び降りる。

その表情にはもう陰りはない。俺と会話して気分が晴れたのか、花火を見て嫌な気持ちが吹き飛んだのか、わからない。

「いいんですか？」

汚れた浴衣《ゆかた》のまま澤野先輩の前に姿を晒《さら》すことになるが。

「本音を言えばいやだけど……でもこのまま逃げてしまう方がいや。有馬くん言ってくれたでしょ」

「何か言いましたっけ？」

「今日はダメでも次がんばればいいって。それって澤野先輩とのことだけじゃないよね」

どういう意味だろうか。

いや、律花は人生でのあらゆる選択に対して言ったのだろう。それは俺にも言えることだ。

「そうですね。俺も次からがんばろうと思います」

「あれ？　有馬くんも何かあったっけ？」

俺自身が気づいてしまった気持ち。その整理を付けること――まだ自分でもどうしたいのかわからないけれど、いつかやらなければならない。

「秘密です――あ、そうだ。これ射的屋で取ったんですけど、いります？」

俺はポケットに入れていたカメのキーホルダーを律花に手渡した。

「うわぁ、かわいいっ！　え、これ射的屋で？」

「実は会長たちから離れた時、みうが近くにいたんです。一緒にいることがバレたら今後にも影響が出るかと思って、こっそり会長から離れてみうたちを足止めしてたんです。その時にやった射的で手に入れたものです」

「だから有馬くん、突然いなくなったんだ！　やっと納得したよ！」

勝手にいなくなったのは本当に悪かった。

「でも、ありがとっ！　大切にするね」

まっすぐ微笑《ほほえ》みかけられると照れてしまう。やっぱり好きだ。この笑顔は。

「喜んでもらえて何よりです。カメ好きそうでしたし」

「え、じゃあ最初からあたしにくれるつもりだったの？」

ドキッとする。

「かも、しれないですね」

「なんだか照れるなぁ」

まあ喜んでくれたし、取ったかいはあった。

「……じゃあ、帰りましょうか。澤野先輩も心配してますし」

「うん、そうだね」

と二人並んで歩き出す。

◇

公園から河川敷へ。ゆっくりと歩いて戻ってきた。

戻る途中、みうには連絡しておいた。どうやら離れた橋の近くにいるそうで、このまま戻っても出会うことはなさそうだ。電話していてみうがすごく焦《あせ》っていたみたいだったが、走り回って疲れていたのかもしれない。

河川敷に着いた。澤野先輩が待っているのは、観覧用のベンチが設置された広場だ。俺たちは出店通りを歩いて広場へ向かう。

その時、ふと律花が不安を吐露した。

「有馬くん、合流する時、なんて言えばいいかな……浴衣汚れちゃったし」

汚れた浴衣を晒すことになるのだから、きっと澤野先輩から何か言われるのは確かだ。

俺はアドバイスをした。

「転んだって包み隠さず言えばいいと思いますよ。汚れを落としていたら遅れたって言えば、言及なんてしてきませんよ」

「うん……でもやっぱり恥ずかしいな」

「いつも通りでいいんですよ」

出店通りを抜けると、観覧用のベンチが常設してある広場に出た。ここのどこかに澤野先輩がいるはずだ。

だが捜すまでもなく、

「おーい有馬！　夏木瀬！」

大声と共に俺らに向かって澤野先輩が駆け寄ってきた。

「よかった。突然いなくなるから心配して——って夏木瀬、大丈夫か？」

汚れを目の当たりにした澤野先輩が、驚きと心配の表情をしていた。

「すみません心配かけました。さっき転んでしまって……汚れ取ってたら花火始《ま》まってしまいましたね」

さっき言った通りのセリフを律花は言うと「そうか……浴衣が汚れたのは残念だけど、夏木瀬が無事でよかった」と澤野先輩は胸を撫《な》で下ろした様子だった。

「まだ花火打ち上がってるし、あとちょっとだけど、一緒に見ようぜ。有馬もありがとな」

「はい、見つかってよかったです」

「ホントな」

ははっと澤野先輩と笑い合う。これでいい。デートなんて雰囲気ではないが、夏のイベントのちょっとしたハプニング程度で笑い合えたら、それが一番だ。

澤野先輩と律花は一緒に空いているベンチへと腰を下ろす。俺もその隣に座った。

ドン、ドン――と続けて打ち上がる花火。最初の頃に比べ一度に打ち上がる量が増えた気がする。そろそろ終わりが近いのかもしれない。

花火に目を奪われた澤野先輩に気づかれないように、律花が俺の耳にこっそりと、

「今日はありがと。有馬くんがいてくれて本当に助かった」

そんなことを言う。俺はなるべく声を殺し、

「……今日はこれでよかったかもしれませんね」

恋心なんて抜きにして、俺は三人で来られて嬉《うれ》しいと思っていた。それは正直な気持ちだ。

「うん、次もあるならまた有馬くんと一緒に行きたい」

「俺ですか？」

「当然だよ。有馬くんはあたしにとって大切な人だよ。一緒に遊びに行きたいよ」

一切の裏表の感情なく、律花はそう言ってのけた。

ズルい。

俺の気持ちがまた噴き出してくる。今この場で律花に『――――』って言いたい。けど。

俺は花火を見上げる。対岸から打ち上がる明るい光を見上げながら――。

――今はただ。

――もう少しだけでいい。

律花と純粋に一緒にいたい。

エピローグ

今日は久々に学校に来ていた。

テニス部が練習試合をうちの学校でするらしく、レギュラーとして出場するみうの応援に来たのだ。

もちろん生徒会のみんなで。結果みうは勝利を収め——昼休憩になったので、生徒会室に集まっていた。

「みう、おめでとーっ！　やっぱり最後はスマッシュで決めると熱いね！」

と律花《りっか》がスポーツドリンクをみうに手渡す。

「わーいっ！　差し入れ嬉しいです！」

イスに座ったみうはスポーツドリンクをごくごくと喉に流し込んでいく「やっぱり試合後のドリンクは最高です～」なんとも幸せそうだ。

俺も自分の席に座り、

「高校になって初めて練習試合見たけど、みうって意外と運動神経いいんだよな」

「毎日鍛えてるからねぇ～。腕相撲する？　負けないよ？」

「本当に負けそうで嫌だなぁ……」

（昔やった時は勝ったけど、あの時は小学生だったし……）

男子が女子に腕相撲で負けるのは嫌だ。勝負したくない。

「あらあら、疲れてるんだから、今やっても勝てないんじゃない～」

琴葉《ことは》の言う通りだ。確かにみうは試合後で疲れている——というか万全だったら俺が負ける想定ですか。

「それにしても、こうして集まるの久しぶりね。みうと琴葉は花火大会で一緒だったんだっけ？」

律花は自分の生徒会長席に座って、二人に声をかけた。

「そうね～。有馬《ありま》くんとは途中で会ったけど、ねぇみうちゃん？」

琴葉がみうにそう聞くと、びくりとみうが跳ねる。

「そ、そうですね。冬季《ふゆき》くんに律花会長とはぐれたって聞いた時は驚きましたけど」

まだ俺はみうにちゃんと礼を言ってなかった。せっかく遊びにいったのに迷惑をかけたこと謝らないといけない。

律花は手をパンと合わせて、

「ごめんね、みうちゃん。迷惑かけて……浴衣《ゆかた》汚れちゃって、公園で洗ってたの」

嘘《うそ》は言っていない。あまり細かく説明すると誤解されてしまうことは律花も察していたのだろう。

なぜかみうがもじもじとしていた。何か言いたそうだが、

「みう、どうしたんだ？」

俺が訊《たず》ねると、みうが、

「ふぇ!? なんでもないよ！」

（どうしたんだ？）

なにか焦っているように見えてしまう。気になっているとみうが、

「あの……冬季くんって……」

俺をちらちら見ながら何か言おうとしていた。

「俺？」

「りつ――ううん！　やっぱりなんでもない！」

「なんだ？　さっきから」

何を言おうとしていたのか。なぜか一人で赤くなっているし。

「あ、そうだ！　みんなに聞きたいことあったの」

変な空気になりかけていた時、律花が不意に声を上げた。

「なんですか？」

「せっかく夏休みなのに、家で勉強ばっかりしてたらもったいないじゃない？　夏休みのどっかに予定空けて、みんなで海行こうよ！」

海――今までほとんど行ったことがない。

小学校の頃、家族と一緒に行ったっきりだ。今だったらバイトの貯金を使って交通費は払えるし、みんなで行くなら絶対行きたい。

「いいわね～。今年、水着買ったし、せっかくだからみんなで行きたいわ～」

「わ、わたしも行きたいです！　ぜひ！」

琴葉もみうもノリノリのようだ。二人の水着――つい勝手に想像してしまい、首を横に振る。

「えへへ、あたしも新しいの買ったし、ね」

と律花と視線が合う。

（あの水着か……）

想像してしまい、俺はつい視線を逸《そ》らす。

前よりも意識してしまう。

あの時はただ女の子の水着という新鮮な気持ちで緊張していたが、今は違う。俺の好きな女の子が、俺が選んだ水着を着てくれる——ダメだ。わかっていても顔が勝手に赤くなってしまう。

「あれ？　冬季くん？　どうしたのぉ？」

みうがひょっこり顔を覗《のぞ》き込んでくるが、「別になんでもないって」と慌てて否定する。

やっぱり顔に現れていたらしい。

「おっけー。じゃあみんなで八月の予定空けよう！　えっとね、あたしは——」

おのおのスケジュール表や手帳を持ち寄って予定を聞いていた。

（片想《かたおも》いのままじゃ、ダメだよな……）

そういえば律花は結局、俺のことをどう思っているのだろう。

好き——とは違うか。思い出の男の子だったということがわかって、フレンドリーにしてくれていただけで、恋愛感情とは違う気がする。

でも俺は決めた。もう憧れるだけはやめた。

（いつかきっと）

覚悟を決めなければならない時が来るだろう。

「ほらほら、有馬くんもどこ空いてるか教えてよ」

律花が俺に向かって手招きする。まあまだその時ではない。

「はい、バイトなんで前もって言えばだいたい空けられますよ」

俺はポケットからメモ帳を取り出して、律花の下へ向かった──。

あとがき

初めましての方は初めまして、永松洸志《ながまつひろし》です。この度『俺《モブ》の気《き》も知《し》らないで憧《あこが》れの先輩《ヒロイン》が恋愛相談《れんあいそうだん》してくる』をお手に取っていただきありがとうございます。

みなさま、ゲームは好きですか？　僕はボードゲームもテレビゲームもどちらも好きです。

特に最近は四人で、群がるゾンビを駆除するゲームや、インクを撃つイカのゲームなどをしています。

思えばゲームは子供の頃から日常の中にありました。僕が小説家を目指すきっかけになったのも、とあるアクションRPGのシナリオとキャラクターに感動したからでした。「僕もこんなストーリーやキャラクターを創りたい！」と思わなければ、今こうしてあとがきは書いていなかったでしょう。たぶん「イカのゲーム楽しいぃぃぃ！」とか叫んでたんじゃないでしょうか。それは今と変わりないかもしれませんね。

さてイカの話は措《お》いておいて、本書の話でもしましょう。

今回は前作の『ようこそ最強《さいきょう》のはたらかない魔王軍《まおうぐん》へ！』と比べて、苦労しました。具体的には初稿から現在の形になるまで二、三回くらい完全に書き直してます。キャラクターの性格をまるまる変えたり、ストーリーを大きく変更したり……大変でした。たまに現実逃避してイカに逃げたこともありましたが、それでもこうしてみなさまのお手にお届けできたのは、ひとえに熱心にアドバイスをしてくださった担当者様のおかげです。ありがとうございました。

僕が小説家を目指すきっかけになったゲームのように、みなさまも本書を読んで、少しでも感動したり、くすっと笑えるシーンがありましたら作者としては幸いでございます。重ね重ねになりますが、本書をお手に取っていただきありがとうございました。僕はこれからコントローラーを手にイカの世界に入ろうと思います。

またご縁がありましたら、次の機会にお会いしましょう。では。

永松洸志

お便りはこちらまで

〒一〇二－八一七七
ファンタジア文庫編集部気付
永松洸志（様）宛
林けゐ（様）宛

富士見ファンタジア文庫

俺《モブ》の気《き》も知《し》らないで 憧《あこが》れの先輩《ヒロイン》が恋愛相談《れんあいそうだん》してくる

令和３年12月20日　初版発行

著者――永松洸志《ながまつひろし》

発行者――青柳昌行

発　行――株式会社KADOKAWA
〒102-8177
東京都千代田区富士見2-13-3
0570-002-301（ナビダイヤル）

印刷所――株式会社暁印刷

製本所――本間製本株式会社

ISBN978-4-04-074359-2 C0193　◇◇◇

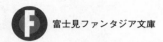

切り拓け！キミだけの王道
ファンタジア大賞
原稿募集中！
賞金
《大賞》300万円
《金賞》50万円
《銀賞》30万円
選考委員
細音啓「キミと僕の最後の戦場、あるいは世界が始まる聖戦」
橘公司「デート・ア・ライブ」
羊太郎「ロクでなし魔術講師と禁忌教典《アカシックレコード》」
ファンタジア文庫編集長
前期締切 8月末日
後期締切 2月末日
公式サイトはこちら！ https://www.fantasiataisho.com/
イラスト／つなこ、猫鍋蒼、三嶋くろね